ONDERWEG MET ROADIE

Thomas Acda

Onderweg met Roadie

Lebowski Publishers, Amsterdam 2015

Elke gelijkenis in deze roman met bestaande personen berust op toeval.

Deze uitgave kwam tot stand met medewerking van Van Grunsven Creative Management, zie ook www.vangrunsvencm.com

Omslagontwerp: Dog and Pony
Omslagfoto: © Corbis Hollandse Hoogte, © Startech
Auteursfoto: © Bob Bronshoff
Typografie: Perfect Service, Schoonhoven

ISBN 978 90 488 2793 0
ISBN 978 90 488 2794 7 (e-book)
NUR 301

www.lebowskipublishers.nl
www.overamstel.com

OVERAMSTEL
uitgevers

Lebowski Publishers is een imprint van Overamstel uitgevers bv

MIX
Papier van verantwoorde herkomst
FSC® C110751
FSC
www.fsc.org

You're so vain, you probably think this song is about you.
– Carly Simon

1.

'Nu ben je een van de twaalf!' De enorme zwarte vrouw schreeuwt het vanaf haar krukje bij de uitgang tegen iedereen die haar passeert. En dan neem ik voor het gemak aan dat er ergens onder die rollen en bulten een kruk staat, of deze vrouw moet over getrainde buikspieren beschikken.

'Sorry?'

'Slechts twaalf mensen zijn op de maan geweest. En jij bent er een van!' En of ik door wil lopen, maar dat laatste zegt ze met een wenk van haar ogen die mij dwingend naar buiten zwiept. Een grote hoeveelheid lillend vlees schiet langs haar ogen, die even trillend blijft hangen en dan al fibrillerend aan de terugweg begint. Ik heb niks tegen dikke mensen, laat dat duidelijk zijn. Als ik mocht kiezen verbleef ik het liefst in de buurt van Noord-Amerikanen uit de zuidelijke staten. Nu ben ik zelf toevallig slank, of nou, slank-ish, maar ook toen ik met heel mijn 125 kilo in New York van de boot stapte, voelde ik me in vergelijking met die Amerikaanse dikkerds meteen een stuk gezonder. Iedereen is hier gigantisch. Dat krijg je ervan als een paprika hetzelfde kost als zes cheeseburgers. Maar goed, eerst deze over de kruk gezakte appeltaart fileren.

Slechts twaalf mensen? Plus ikzelf dus. Kom ik op dertien, volgens de laatste gangbare telmechanismen. Als een sportman schiet ik in de juiste modus: de bal komt op me af en alles in mij reageert zoals ik het al jaren gewend ben. Ik blijf dramatisch staan en kijk omhoog. Boven de deur staan twaalf namen. Armstrong voorop, uiteraard. Even de lijst scannen, op zo'n manier dat ze mijn ogen gaat volgen... Ik draai me gespeeld teleurgesteld om. Mijn naam staat er niet bij. Dat komt natuurlijk omdat ik niet echt op de maan geweest ben, maar in een soort veredelde schuur sta die ze het New Mexico Museum of Space History durven te noemen. Een donkere hal waarin een hoop zand ligt dat verrassend veel lijkt op het zand buiten waar ik de auto en de hond heb achtergelaten. Bovendien zijn er vandaag al minstens honderddertig bezoekers geweest, die allemaal 'Nu ben jij een van de twaalf' uit een spelonk van Jabba de Hutt op zich af hebben horen vuren. Achter mij nog minstens zesentwintig man die eenzelfde lot te wachten staat.

Ze kijkt me aan, ze weet dat ik wat wil zeggen. In haar hoofd legt ze waarschijnlijk haar in de afgelopen jaren verzamelde snedige antwoorden op een afvuurbaar rijtje klaar. Maar ik zeg niets, terwijl ik die vrouw toch met drie, vier zinnen had kunnen vloeren.

'Echt? Twaalf? Wow? Thanks!' hoor ik mezelf zeggen. Ben ik dat? Het klinkt nog gemeend ook. Het vóélt ook gemeend, net als wanneer ik speel en een filmscène lekker loopt. Het gevoel dat het klopt. Mijn tegenspeler en ik, goed in het moment. Dan voelt het alsof het sneeuwt om ons heen.

'Je bent een van de twaalf,' murmelt de vrouw nog wat na, opgelucht dat ik me weer gedraag zoals bezoekers dat hier behoren te doen. Dóórlopend. Vol verwondering. En met respect voor de suppoost, toch wel het luiste baantje ter wereld.

In de niet te ontwijken museumshop neem ik geroutineerd de Charles en Ray Eames-dvd *Powers of Ten* uit het schap, mijn *Catcher in the Rye*. Als ik die dvd zie liggen, moet ik hem kopen. Mocht je mij willen uitnodigen op je verjaardag: tien tegen een dat ik kom opdagen met deze dvd. Omdat ik te laat ben geweest om een echt cadeau te kopen en ik deze dus in tientallen in de kast heb liggen, ongeopend. Papiertje eromheen en kijk eens hoe attent ik ben! Al zullen er, als we gemeenschappelijke kennissen hebben, best een paar mensen elkaar bevreemd aankijken. Maar toen zij jarig waren keken ze maar wat blij.

Ik sluit me aan in de rij voor de kassa. Het witte evenbeeld van mijn zwarte vriendin met de geïmplanteerde kruk slaat met de worstjes onder aan haar arm zuchtend op de kassa. Ze slaat steeds te veel aan. De kassawereld is duidelijk nog niet klaar voor het obesitastijdperk. Deze vrouw is roze, oningepakt vet dat hier een kassabaantje heeft bemachtigd. Mocht je een erkende vijand van de Verenigde Staten zijn, dan zou ik niet meer investeren in wapens maar in suiker. En die, in welke snackvorm ook, voor een habbekrats verkopen aan de yank. Ze hebben nog maar een klein duwtje nodig. Alleen acteur en zanger Harry Dean Stanton is nog slank. Andere slanke mensen hebben nog steeds veel vet, maar hebben zich ervan laten scheiden.

Vier mensen voor me in de rij, en de vrouw bij de kassa die net zo hoog is als breed slaat weer verkeerd aan. Ik zal in de tussentijd uitleggen wat *Powers of Ten* is. Fantastische dvd, die steeds keer tien vergroot en verkleint. Een man en een vrouw liggen aan het meer bij Chicago te picknicken. Er wordt uitgezoomd, we gaan steeds hoger, verliezen die twee mensen uit het oog en komen in de dampkring, het heelal en verder en verder tussen de sterren. En dan gaan we terug. Naar beneden weer. Naar dat stel. En *beyond*, want we gaan de arm van die vrouw in. Het bloedstelsel, tot en met het kleinste atoom. Als ik die dvd tegenkom, koop ik hem. Aanvankelijk omdat ik bang was dat die eerste dvd ermee op zou houden – wat onzin is, want ik kijk hem nooit. Door slijtage zal-ie niet ten onder gaan. Later kocht ik hem steeds omdat ik vond dat ik een tik moest hebben. Een mens moet toch iets geks hebben, iets waaraan je herkend wordt. Je signatuur.

Ik reken af en loop over het parkeerterrein terug naar de auto, een Land Rover D110 cabriolet. Jawel, die bestaat, al is het de enige ter wereld en is hij niet geheel vrijwillig cabriolet geworden. Maakt niet uit, dat dak rammelde als een gek. Dat is allemaal allang gebeurd, daar kom ik op terug. Dat beest daar is Roadie, in die auto zonder dak, achter het stuurwiel. Lach maar, die hond gaat een medaille krijgen. Dezelfde als Elvis ooit kreeg. Van Nixon. Alleen krijgt Roadie hem niet van een liegende president die de medaille voor de *war on drugs* aan de meest charismatische junk ooit uitreikte. Het hondje is een dingo, zegt zijn eigenaresse. Gevonden langs de kant van de weg, net buiten Los Angeles. Op Highway 10, San Bernardino. Enfin, ik vertel het allemaal nog wel, maar laat ik eerst instappen en het laatste stuk afleggen. Deze dingo moet in Los Angeles worden afgeleverd en dan is mijn loutering een feit. Start van een nieuw leven en daar heb ik heel veel zin in.

Ik gooi de dvd op de achterbank en zeg tegen Roadie dat hij achter het stuur vandaan moet komen. Niet alles hoeft te veranderen. En dan is het idee al geboren. Ik ken het stuk weg dat we straks gaan rijden.

Jaren geleden hebben Ex en ik op onze huwelijksreis onze auto midden op de weg stilgezet en zijn op het asfalt gaan liggen – we lagen er zo onbeweeglijk dat de gieren kwamen cirkelen. Tenminste, dat was de bedoeling. Ik weet niet of ze ook echt gekomen zijn. Normaliter zou ik die gieren moeiteloos in het verhaal verweven hebben. Het is veel beter voor het verhaal, toch? Paar gieren. En bovendien, wat ga jij doen, het controleren?

We rijden over een klein woestijnweggetje richting Las Cruces. 70 mijl per uur, zon brandend boven ons, maar wij zijn allang niet meer onder de indruk. Gebruinde buitenbeesten zijn we geworden. Er is veel gebeurd. Veel zekerheden zijn gesneuveld en er zijn een paar geweldige nieuwe inzichten bij gekomen.

Wat een reis. Ik stop om te plassen. Midden op de weg. Mocht er iemand aankomen, dan heb ik nog steeds drie kwartier om af te knijpen en weg te rijden. Roadie blijft deze keer wijselijk weg bij de cactussen en kiest voor een steen. Die is zo heet dat de urine al verdampt is voor Roadie weg drentelt. Ik doe mijn drie *shakes* – ooit door een rechter in het leven geroepen nadat George Michael betrapt was op homoseksueel contact in een openbaar urinoir in Los Angeles. Of vervelend gestoord werd bij het hebben van seks, als je uit mijn land komt. De rechter in die zaak bepaalde dat je als 'normale' man drie keer mocht afschudden. Deed je het vier keer dan stond je je kennelijk af te trekken terwijl je naar plassende mannen keek. Rechters zijn in dit land al heel lang de nieuwe comedians. Met advocaten als aangevers.

Teruggekomen bij de auto zit Roadie achter het stuur. Uiteraard. Als altijd klaar om weggestuurd te worden. Ik ga op de bijrijdersstoel zitten en kijk recht vooruit. Een zacht Scooby-Doogeluidje ontglipt zijn keel. Vragende hondenogen kijken me aan.

'Nou, rijden, dawg!'

Honden kunnen prachtig vragend kijkend. Als kinderen die eigenlijk al te oud zijn om nog met zo'n kinderachtig gebaar aan te komen.

'Ja, jij ja. Of zie jij nog meer lelijke dingo's die al sinds New York op de bestuurdersplek azen?'

Ik gooi mijn been over de versnellingspook en druk het rempedaal in. Dan start ik de auto. Man, wat kan die hond dom kijken. Ik zet de auto in 'drive' en we rijden. Langzaam, en over een weg waar een blind paard nog geen schade kan aanrichten, maar we rijden! Met een hond achter het stuur. Links woestijn, rechts woestijn en voor ons kilometers prachtig Amerikaans asfalt.

Ik moet lachen. Zelden heb ik een hond zo dom zien kijken. Voorpoten op het stuurwiel en tong uit de mond. En op dat moment begint Roadie te lachen. Ooit een hond horen lachen? Grommend zwaar en met korte stoten. Een dikke rokerslach. Zo'n vette-vijftiger-in-rode-broek-lach. Veel te vol cognacglas in de hand en waarschijnlijk op een haringparty. Dat geluid, maar dan van een hond. Ik doe Roadie na: 'Hag hag hag hag!' Dit vindt hij kennelijk zo grappig dat er ook nog een grijns bij komt.

Ik spring de auto uit en ga ernaast joggen. En voor de auto uit, en om de auto heen. Een diesel rijdt vanzelf. Het gaat niet hard, maar dat geeft niets. Ik spring de auto weer in, eruit, over de achterbank heen. En Roadie maar sturen en lachen. Dan spring ik op de achterbank, en laat me rijden.

Eindelijk zijn we vrienden, Roadie en ik. Dat lag niet in de lijn der verwachting. Ik hou niet zo van honden, en dan druk ik me nog mild uit. Dat Roadie en ik samen op pad zouden gaan, daar was geen ontkomen aan. Maar dat we vrienden zouden worden...

2.

Je kent mij. Het kan niet anders. Al heb ik een schoonzus die er een sport van maakt om mensen tegen te komen die mij niet kennen. Vindt ze leuk.

'Ik was gisteren bij een klant, nou... die had nog nooit van jou gehoord!'

Ik weet eerlijk gezegd niet wat de bedoeling is van die opmerking. Moet ik van verbazing achterovervallen? Het is nogal een dingetje kennelijk, iemand tegenkomen die mij niet kent. Ikzelf was mij tot drie maanden geleden in elk geval niet graag tegengekomen. Vervelend mannetje was ik geworden. Omdat het steeds tegen mij gezegd werd, ging ik uiteindelijk zelf ook geloven dat ik heel wat was.

Beroemd worden gaat in fases. Eerst ben je heel erg blij. Ja, ik ben beroemd! Het is gelukt! Dat duurt niet langer dan een week, als je tenminste bij je volle verstand bent. Na een week heb je echt wel door dat er eigenlijk niets veranderd is aan jou, maar van alles aan hoe anderen naar je kijken. Je kunt ineens iets. Of, in de meeste gevallen, men denkt ineens dat je iets kunt. Enfin, de eigengeilerij moet na een week wel weg zijn. Dan komt de fase dat men je denkt te kennen. Alsof ze je vorige week nog op een feestje hebben ontmoet. Een enthousiast 'Hé' wordt dan meestal gevolgd door een demotiverend 'O nee, dat ben jij niet'. Soms komt het tot een langer gesprek waarin de andere partij de net beroemd geworden partij steevast probeert te overtuigen van het feit dat ze elkaar wél kennen.

'Jawel! Op dat feest van Ronald.'

'Ik ken geen Ronald.'

'Ronald!'

'Ja, ik hoor je wel, maar ik ken geen Ronald.'

'Jawel, joh... Ronald!'

'O, wacht eens even... Je bedoelt Ronald!'

'Ja!'

'Die ken ik niet.'

Je leert al snel dat meepraten makkelijker is dan ontkennen. Enige handigheid hierin is wel gewenst.

'Ronald! Ja, tof feest was dat.'

'Tof? Dat is toen helemaal uit de hand gelopen. Weet je toch?'

'Eh... jawel, maar daarvoor was het tof. Toch?'

'Toen zijn moeder binnenkwam met een pan heet frituurvet en Linda de volle laag kreeg, vond je dat tof? Mijn Linda?'

'Zeg... ik moet rennen...'

'Eikel!'

Als men je begint uit te schelden, is het fijn dat ze je eigenlijk niet zo goed kennen. Daarna komt de fase dat iedereen aardig is en je echt kent. En er handdoeken in je kleedkamer liggen, directeuren van schouwburgen een hand komen geven en het mooiste: dat je niet meer zelf hoeft te rijden. Je bent *the new kid in town*, iedereen houdt van je. Verbazingwekkend hoe snel je daaraan went.

Ik was een keer met mijn zus bij een toneelvoorstelling in Gent. Niemand kent mij in Gent, want Bob en ik zijn nooit doorgebroken bij de Belgen. Onze klank is te hard, te Noord-Hollands. Bob, mijn partner/collega – oké, vriend – komt weliswaar praktisch uit Brabant, maar omdat ik kennelijk hard genoeg voor twee praat, is het nooit gelukt. Geeft niets.

Na afloop van die voorstelling bood ik, tof als ik ben, aan een rondje te gaan halen. Ik ben daar geloof ik een halfuur mee zoet geweest. Eerst moest ik wachten op mijn beurt. Het schijnt dat andere mensen ook wat willen drinken na een voorstelling. Nooit geweten. Vervolgens moest ik drie keer herhalen wat ik wilde hebben voordat ze stopten met gewoon van alles op de bar te plempen in de hoop dat dat het was. En vervolgens ging men niet eens aan de kant toen ik met de drankjes terug wilde lopen.

'Wat een onbeleefde mensen, zeg, die frituristen,' zei ik tegen mijn zus.

'Hoe kom je daar nou bij?' zei ze.

Ik begon uit te leggen dat het echt heel lang duurde voordat ik aan de beurt was.

'Ja,' zei ze, 'weet je ook weer eens hoe het is om op je beurt te moeten wachten. Niemand kent jou hier natuurlijk.' Ze vond dat heel grappig en ging het meteen delen met haar collega's. Ik keek eens goed om me heen. Verrek, geen steelse blikken, geen stiekeme foto's. Zelfs geen enkel meisje dat zonder dat ze het zelf doorhad haar borsten naar voren duwde.

Door deze gebeurtenis raakte ik in fase drie: de langzaam inslijtende overtuiging dat je ook inderdaad niks bent en dat het alleen nog maar een kwestie van tijd is voordat mensen je ontmaskeren. Ik begon sluiproutes naar huis te nemen om maar niemand tegen te komen. Al mijn kleren verving ik langzaam door exemplaren in grijs- en donkerblauwtinten. Nou liep ik er voordat ik beroemd werd al niet bij als Pipo de Clown, maar nu ontdekte ik veel meer dan vijftig tinten grijs. Stil en beleefd en niet opvallen, vooral niet opvallen. Men denkt vaak dat beroemd zijn arrogant maakt en dat word je uiteindelijk ook wel, maar pas veel later. Als de roem alweer tanende is. Dan wil je op oude strepen blijven staan en dat kan niet, wat dus weer als arrogant wordt ervaren. Maar als je net beroemd bent word je minstens vijf keer bescheidener.

Wij bleven beroemd, Bob en ik. We deden veel en steeds weer andere dingen. Maar ik werd gek. Ik was overal de vriendelijkheid zelve, maar achter de voordeur of in de kleedkamer werd ik een zielig drinkend en rokend schreeuwertje, omdat ik mezelf helemaal niet goed vond. Ik had het alleen niet door. Dus schreeuwde ik nog harder. Maar ik voelde het wel, en een stemmetje probeerde mij de hele tijd van iets te overtuigen. Als ik maar hard genoeg schreeuwde, verstond ik het niet. Ook al wist ik wat het fluisterde. Niksnut, niksnut, charlatan, niksnut. (Mijn stemmetje was niet berucht om zijn grote woordenschat.) Dat schreeuwen werd uiteindelijk zo irritant dat zowel Bob als Ex zei: of naar de psychiater, of opsodemieteren. En na nog wat geschreeuwd te hebben over dat ze 'zonder mij helemaal niks waren geweest', wat je dan weer moeiteloos kon omkeren, stapte ik in een taxi naar de psychiater, twee straten verderop. Zo ver was ik dus heen.

Meneer Tuinman. Geweldige psychiater. Niet lang nadat wij onze sessies hadden beëindigd, is hij in de Himalaya uitgegleden en verdwenen. Zomaar. Pats, weg. Besteed je een groot gedeelte van je leven aan het begeleiden en helpen van mensen op het nog lange pad des levens, glijd je zelf zomaar een ravijn in. Enfin, negen maanden na onze eerste sessie had hij me weer schoon. Op een dag gaf ik hem alle cd's die we tot dan toe hadden gemaakt en een week later vroeg ik wat hij ervan vond. Of eigenlijk vroeg ik hem of hij nog van plan was iets van een conclusie aan dit samenzijn van ons te verbinden.

'Tja,' zei hij, 'ik heb uw werkjes beluisterd... een Slauerhoff bent u niet, hè.'

Ik zei dat als dit na negen maanden zijn conclusie was, ik hem ook niet echt een Freud kon noemen. Toen lachte hij en zei:

‘U verwacht maar steeds dat mensen u zullen ontmaskeren. Dat ze zullen zeggen: “We hebben gelachen, maar eigenlijk kan hij niks.” Daar hoeft u niet bang voor te zijn. Dit is het, dit bent u. En dat is meer dan goed genoeg.’

Ik had niet meteen door wat hij zei. Pas toen ik naar huis liep, een gewoonte die ik inmiddels weer vrolijk en midden op de stoep kon beleven, realiseerde ik het me. Midden op straat bleef ik stilstaan. Ik stond weer op nul. Ik was omhooggeschoten, diep omlaaggegaan en nu stond ik weer rustig op nul, hier in de sneeuw. En ik was goed genoeg. Een ongekende rust kwam over me. Misschien wel exact die rust die je overspoelt als je na een lange wandeling eindelijk uitkijkt over het Himalayagebergte, vlak voordat je een losliggend steentje over het hoofd ziet. Verdorie. Arme man. Ik hoop het maar. Ik hoop het maar.

Waarschijnlijk wist je al wie ik ben toen ik Bob noemde. Ja, dat ben ik. Die vrolijke zanger, die grappige acteur. Die vriend van iedereen en toch bijzonder. Of, als je aan de recentste maanden van mijn leven refereert, die coke snuivende, alles zuipende vetklep die zijn bandje kwijtraakte en daar niet mee om kon gaan. Terwijl hij toch zelf, na goed overleg met zijn beste vriend en collega Bob, had besloten ermee op te houden. Om het goud dat hun carrière was niet te laten verbleken tot geschnabbel in de marge. Ze besloten op het hoogtepunt... Ja. Dat ben ik. Maar dat is niet waar. Ik ben dat jongetje dat, toen hij wist dat zijn vriendinnetje het uit kwam maken, heel hard riep: ‘Ik was toch al van plan het met jou uit te maken!’ Maar ik was helemaal niet van plan geweest het uit te maken. Ik riep maar wat. Ik moest mijn gezicht redden. Toen Bob zei: ‘Ik vind dat we ermee op moeten houden,’ had ik moeten zeggen: ‘Ik niet, maar ja, wat maakt dat uit? Als jij er toch al mee op wilt houden...’ Ik had moeten zeggen: ‘Je bent laf, dat je niet nog hoger wilt klimmen.

Vooral omdat we nu de beste recensies ooit hebben gekregen. Je durft niet!'

'Wat jammer. Ik wil dat helemaal niet.' Dat had ik moeten zeggen. Maar dat zei ik niet. Ik zei: 'Ja, dat vind ik ook.' Daarna ging het hard, bergafwaarts. Bob nam de telefoon niet meer op als ik belde en iemand anders, die weer een heel goeie cokedealer kende 'met spul waar je echt niet verslaafd aan kunt raken, zo goed', nam wel op. Elke keer. Veel te vaak. Vaker dan ik me kon veroorloven, bleek.

3.

'Een dingo,' zegt de eigenaresse van Roadie. Dat kan niet, want dingo's wonen in Australië. De vrouw, een ex-model dat nu eens niet op haar veertigste een totaal gebotoxt, witte wijn slurpend kreng was geworden, zegt dat het een dingo is. Prima. Ik vind het beest meer op een slanke Mechelse herder lijken, maar wat weet ik ervan?

Ai Marieke, Marieke... tof mens. Zij redde mij. Toen niemand meer met mij af wilde spreken omdat het ze een vervelende avond zou bezorgen, bleef zij bellen. Bij haar gedroeg ik me. Ik douchte me voor elke afspraak en leek zelfs normaal, denk ik. Het was prettig, voor even doen alsof je een normaal leven hebt. Koffie met een broodje en 'hoe is het nou met jou?' Lekker warm. Alsof je na een urenlange tocht door een vreemd woud ineens die boshut ziet opduiken waar je vrienden zijn. Je kijkt naar binnen, de gezelligheid hangt dik achter de beslagen ramen. Nog twee stappen en je bent midden in die warmte. Zo voelde ik me bij haar. Alsof het werkelijk mogelijk was dat ik met twee stappen weer mee zou mogen doen. Maar dat kon natuurlijk niet. Ik was een junkie, een alcoholist die elk moment een hartkwaal kon krijgen. Ik zag er slechter uit dan alles wat ze bij Marijke Helwegen hebben weggezogen. Marieke zei er niets van. Ze kan onvoorwaardelijk en onbevooroordeeld om iemand geven. Zij houdt van mij, zoals een solo van Toots Thielemans van de omliggende noten houdt. Bij elke toon die hij blaast zegt

Toots eigenlijk: 'Jawel, andere nootjes, ik hou ook van jullie. En ik had jullie ook kunnen spelen, maar ik koos nu even voor dit nootje en straks, als ik weer langskom, zou het zomaar kunnen dat ik jou ook ga spelen... maar moet je dit horen.' Zo houdt Marieke van mij.

Op een van onze lunchafspraken, ergens in mei, waarbij ik mij zo normaal mogelijk gedraag en me laaf aan haar warmte, vraag ik haar waarom ze eigenlijk niet allang in hun huis in Los Angeles zitten. Zij en haar man hebben net een nieuw huis gekocht en op de foto's ziet het er schitterend uit, ik zou er willen sterven, zo mooi. Het ligt in de heuvels rond Burbank, en je kijkt uit op het Hollywood Sign als je in het zwembad ligt.

De reden waarom ze nog niet zijn vertrokken is Roadie. En ze laat me een foto zien van een hond, terwijl ik me afvraag of ik niet in het kader van de lunch toch een wit wijntje zou mogen bestellen.

Roadie is te oud, te ziek en mag niet meer vliegen. Ze zijn bij de luchtvaartmaatschappijen niet alleen bang voor bevallende vrouwen en ontploffende siliconenborsten, maar ook stervende honden genieten niet de voorkeur. Dus is het wachten tot Roadie eigenhandig zal besluiten de hondenhemel op te zoeken. Wat heel jammer is, zegt Marieke, want Roadie komt eigenlijk uit Los Angeles. Gevonden langs de weg. Heel klein en zielig. Achtergelaten. En ik denk: een mens kan toch wel een wijntje bij de lunch bestellen? Dat is toch normaal? Of zal ik naar het toilet gaan en het kabouterenvelopje tot me nemen?

Terwijl Marieke vertelt over Roadie en wat een schat het is en de foto nog maar eens zachtjes met haar duim streelt, komt het idee bij me op, als een aanwijzing in een detective.

'Ik doe het.'

'Wat?'

'Ik breng Roadie naar Los Angeles voor je. Met de boot.'

'Wat?'

Kom op, Marieke! Ik breng je hond naar huis en ondertussen vlucht ik voor alles en iedereen. Geen drugs of drank onderweg. Clean terugkomen en dan een solocarrière beginnen of misschien ga ik weer een film maken. Mariek, zie je het dan niet? Jij je hond, ik mezelf weer terug.

'Ik breng Roadie met de boot naar New York, daar huren we een auto en we rijden in twee dagen naar Los Angeles. *No biggie*. Altijd al eens met de boot aan willen komen in New York, zoals de eerste settlers ooit. Wat denk je?'

Tien dagen later, op 28 mei 2014, vertrekken we, Roadie en ik. Vanuit Rotterdam, op een vrachtschip. Het regent alsof het nooit meer zomer zal worden. We worden uitgezwaaid door Marieke en haar steenrijke, zeer vriendelijke man wiens naam ik nooit kan onthouden. Omdat ik nou eenmaal niet beroemd ben om mijn belangstelling voor andere mensen. Op de kade, vlak voordat we de loopplank op gaan, drukt hij mij een creditcard in handen. Een zwarte, ongelimiteerde American Express Card. Voor alle onkosten die ik zal gaan maken. Och jezus, natuurlijk vindt zó'n vrouw zó'n man. Dat vertrouwen. Ik zeg dat het een geweldig gebaar is, maar dat ik moet weigeren.

'Ik vertrouw je,' zegt hij en ik zal zijn accent hier niet nadoen.

'Jawel, dat weet ik,' zeg ik. En met een brok in mijn keel geef ik toe: 'Maar ik vertrouw mezelf voor geen meter.'

Bovendien, geld heb ik zat, nog steeds. En als ik het verzuip of opsnuif gaat het tenminste niet naar mijn ex en haar nieuwe lover, de grote maar arme kunstenaar Midas die op het punt van doorbreken staat, maar nu nog even niet, dus woont hij tijdelijk bij mijn ex. In míjn huis. Maar ze wonen niet officieel samen, want dan zou ik geen alimentatie meer hoeven te betalen. En dat zou zonde zijn. Dan moet hij zelf werken voor zijn geld.

'Nu vertrouw ik je nog meer,' zei hij.

Ja ja, het is goed. Straks gaat iemand nog de tune van *The Onedin Line* fluiten en staan we hier allemaal op de kade te janken.

Het schip meert af. Ik heb er zin in. Een vrachtschip. Roadie en ik als de enige twee betalende klanten en verder drieduizend containers vol schoenen. Als we over een paar weken in New York aankomen, ben ik in ieder geval van de coke af. Dit illustreert misschien nog wel het beste hoe ver ik heen ben. Het duurt geen weken, met de boot naar New York. Zes dagen slechts. En dan doen ze het nog rustig aan. Een beetje reiziger zoekt dat uit, weet dat soort dingen van tevoren. Ik niet. Ik heb in geen tien jaar ook maar iets zelf uitgezocht. Daar had ik technici en roadmanagers voor. En als er érgens coke en drank aanwezig zijn, dan is het wel op een *freight trailer* richting de Verenigde Staten.

Naast me liggend op het dek kijkt Roadie naar zijn steeds kleiner wordende baasjes. Hij heeft weinig vertrouwen in deze reis. En gelijk heeft-ie. Jammer dat ik mijn zoon niet mag bellen, dat heeft hij liever niet. 'Als je belt mis ik je, als je niet belt weet ik het niet,' had hij gezegd. Dus denk ik het maar: ik kom schoon terug, jongen, zonder deze vlooienmat!

4.

Ik zal niet meteen zeggen dat het verschrikkelijk is op de boot, maar het is verschrikkelijk op de boot. 21 procent van de mensen op een schip wordt nooit zeeziek. Daar hoor ik niet bij. 75 procent wordt één keer zeeziek en daarna nooit meer. Of dat komt omdat ze, wijs geworden, gewoon nooit meer de zee op gaan, staat er niet bij. En dan hebben we nog de 4-procenters. Deze mensen worden elke keer opnieuw zeeziek. Je hoeft maar 'zee' te zeggen of ze kotsen je hele pak onder. Die mensen wonen in bossen, op steppes, ver van de zee. Ik niet. Ik hoor dan wel bij die zeldzame groep die altijd weer zeeziek wordt, ik ben kennelijk niet slim genoeg om te maken dat ik op het droge kom. Ik ben kots- en kotsmisselijk. En dat terwijl het niet eens stormt. Niks. Geen zuchtje wind. Als er nou nog sprake was van Moby Dick-achtige taferelen met overboord slaande harpoeniers en slagregens en over het dek tuimelende vaten rum... Niets.

Dag vier op de boot en ik ben uitgedroogd. Ook ken ik elke kleur die gal kan aannemen. Maar eigenlijk heb ik al twee dagen geen gal meer. Slappe thee, scheepsbeschuitachtige dingen en een bed kleiner dan een gitaarkoffer is alles wat ik heb.

Roadie heeft één keer overgegeven, het vervolgens gewoon opgelikt en is weer doorgelopen. Handig hoor, dat hij ertegen kan. Want als hond kom je toch al snel een keer of... nooit op zee.

Dag vier dus. Vandaag ga ik verdomme het dek op. Ik heb goud geld betaald hiervoor en heb recht op een diner *at the captain's table.* Zal me een feest worden. Ik hoop voor hem dat hij twee pakken bij zich heeft.

Ik loop eindeloos door de gangen naar trappen die me nergens heen brengen en luister ondertussen naar de geluiden die een schip maakt. Lekker industrieel. Björk. Alles heeft een ritme, Frizzle Sizzle. Hier kun je mooie liedjes mee maken. Maar, die maak ik dus niet meer. Wel al vier dagen niks gesnoven en gedronken. Ik kijk Roadie aan maar besluit dat het nog te vroeg is om tegen hem te praten. Tom Hanks had zijn volleybal, Wilson, maar die nam toch een goed jaar voor hij tegen de bal begon te babbelen. Ik heb dus nog even voor ik gek word. Maar vier dagen geen drugs of drank, dat is lang geleden. Geen sigaret ook, bedenk ik terwijl ik eindelijk een deur vind die naar buiten lijkt te gaan. Ik zal vast ook al wel wat afgevallen zijn...

Met mijn linkerhand open ik de deur naar het dek en onmiddellijk slingert de rest van mijn lijf erachteraan. Ik lig met mijn benen onder me gevouwen tegen een roestige kist aan en kijk net op tijd op om de weer terugkerende deur hard in mijn gezicht te mogen ontvangen. Weer eens wat anders dan misselijk zijn. De hond staat nog steeds in de gang. Zou hij van boord kunnen waaien? vraag ik me af, terwijl ik het bloed uit mijn neus voel stromen. Met zijn zeepoten? Ik trek mezelf overeind voor de deur weer mijn kant op komt, maar krijg hem toch vol op mijn enkel. Ik gebruik de naam van de Heer en Zijn Zoon niet alleen ijdel, ik scheld ze helemaal verrot en hink de gang op. De deur slaat achter mij dicht. Goed, eerst even iets in mijn neus stoppen om het bloeden te stelpen. Al wat ik van biologie heb begrepen is dat het raadzaam is je bloed binnenslijfs te houden, en dat gaat op dit moment helemaal mis. En waarom zie ik hier eigenlijk helemaal niemand?

'Brand!' gil ik. Niks.

'Brahaaaaannd!!!' Dan gaat er een deur open, helemaal aan het einde van de gang.

'Hé! Doe eens niet...' Vriendelijke stem, maar wel dwingend. Het is de eerste persoon die ik sinds ik inscheepte zie, dus ik ben niet van plan hem te laten ontsnappen. Zijn deur gaat alweer dicht.

'Ho! Wacht! Meneer? Ho ho!' De deur gaat weer open.

'Ho ho? Wie ben jij, Santa Claus?'

Nu hoor ik dat de man Nederlands praat, maar het niet is. Ik ben al halverwege de gang, Roadie in mijn kielzog.

'Mag ik wat vragen?' En zonder het antwoord af te wachten: 'Waar zijn we?'

Ik hoor niets, maar als ik doorloop en bij zijn deur kom zie ik dat hij die open heeft laten staan.

'Atlantic Ocean, I hope.' Hij is op zijn kooi gaan zitten maar kijkt me niet aan. Meneer is namelijk een lijntje aan het leggen, preciezer: een stuk of acht.

'Ach,' hoor ik mezelf zeggen, 'in dat geval heb ik nog een vraag...' En ik kijk met de blik die elke junk kent. Blijft daar nog iets van over? Hoeveel? En mag ik dat dan hebben? De blik die ik terugkrijg ken ik niet. Logisch, want ik heb nog nooit iemand ontmoet met een paar honderd gram onder zijn bed. Dan kijk je anders, kennelijk. Zorgelozer. Deze blik betekent: ik heb meer dan mijn neus aankan. Dat komt dan mooi uit, want ondanks de dappere poging van die buitendeur heb ik nog steeds een neus.

Ik ga naast hem zitten. Dat kan in zo'n geval, je bent meteen close. Je deelt iets. Zijn coke: zeker. Maar ook een lot. Een lot dat, wanneer gedeeld, meteen minder gênant is. Een kamer vol mensen die nooit gebruiken en het heel erg vinden dat jij dat wel doet, dat is gênant. Dit niet, dit kan nog weleens heel gezellig worden. Roadie vlijt zich in een hoekje van de kleine kamer, mijn nieuwe vriend neemt een snuif en biedt mij de spiegel aan.

Ik gil het uit van de pijn. Roadie schiet de gang op. Mister halve kilo slaat dubbel van het lachen en ik wil nu echt van de dope af. Nooit meer. Nooit nooit nooit meer gebruiken. Vanaf nu ga ik gezond doen, denk ik met mijn hoofd achterover tegen de muur.

'Wodka?'

Hij vraag of ik wodka wil. Ik heb zojuist officieel mijn neusschotje naar de gallemiezen gesnoven, man! 'Ja, doe maar.' Dat is tenminste een natuurproduct.

Roadie vind ik straks wel weer. Heel ver weg komt hij toch niet. Maar hij kan natuurlijk wel overboord slaan. Hij mag dan zeepoten hebben, lange poten zijn het niet. Ik sla het glas achterover, knik vriendelijk naar de man, waardoor mijn neus meteen weer gaat bloeden, en ren de gang op.

'U zoekt uw hond?' Een stem die zware shag verraadt.

'Ja,' zeg ik terwijl ik me omdraai. 'Gezien?'

Een enorme man zit met één knie op de grond naast Roadie en aait hem over zijn hoofd. Een enórme man. Ik ben 1 meter 78. Deze man zit op één knie en kijkt mij recht in de ogen aan. Dan overdrijf ik 10 centimeter, nou en? Het is hoe dan ook een reus. Vergeleken bij deze man ziet Roadie eruit als een cavia.

'Ik ben Jim,' zegt hij en ik geloof hem meteen. Dit is een Jim. Duidelijk. En de kapitein, kan niet anders.

'Mocht u vanavond aan willen schuiven aan de captain's table, dan raad ik u aan dit met een schone neus te doen.'

Ik grijp naar mijn neus. Ajax op mijn wijsvinger.

'Ik ben ergens tegenaan gelopen,' mompel ik.

'Dat weet ik,' zegt hij. 'Niet meer doen.' Als een moeder die een klein kind dat naar de bekende weg vraagt terechtwijst.

'Niet meer doen,' zeg ik. Prima. Speel ik deze rol. Alles wat

Jim wil. Jim is groot, het is zijn boot, Jim heeft voorlopig in alles gelijk. Nog twee dagen, dan zijn we in New York.

Even later sla ik de deur van mijn hut dicht en bedenk ik dat ik geen idee heb waar ik de kapitein kan vinden, laat staat zijn tafel. Al vermoed ik dat mocht ik de een vinden, ik de ander ook meteen zal zien. Ik heb redelijk trek. Honger zou ik het niet willen noemen, maar de ruimte in mijn maag voelt aangenaam. Ken ik eigenlijk niet. Logisch, tot vier dagen terug propte ik alles wat er binnen handbereik was gedachteloos naar binnen. Jarenlang klaagde ik elke nacht over brandend maagzuur 'terwijl ik toch echt niet zoveel gedronken heb, verdomme'. Nee. Maar een vleesstaaf zou je eigenlijk om zijn naam alleen al niet mogen eten, en met een sloot mayonaise erbij wordt het helemaal een gifaanval. Twintig jaar lang, Bob en ik, vijf keer per week, minstens één vleesstaaf. De man.

'Nog eentje?'

'Nee joh.'

'Delen?'

'Ah, welja.'

Terwijl de rest van de band keurig aan de worteltjes zat, of een broodje huzaar bouwde (een wit bolletje met een slaatje erop), deelden wij gebroederlijk de zoveelste aanslag op ons maag-darmkanaal. Terug de bus in, wijntje open, blokje kaas.

Bob at en dronk twee keer zoveel als ik, trouwens. Maar ik heette van het begin af aan 'die dikke'. Ook toen hij eventjes dikker werd dan ik heette ik nog steeds zo. Zelfs toen ik een keer wél 12 kilo was afgevallen om de marathon van New York te gaan rennen, zei niemand: 'Zo, nou ben je zeker de dunne?' Nee. Er was nooit een dunne, ik was gewoon de dikke. Bob was langer. Veel langer. Daar kwam het door. En omdat ik wat dikker was.

Roadie weet blijkbaar de weg. We stappen de hut uit, hij loopt gewoon een kant op en ik ga volgzaam achter hem aan. Nog steeds eraan gewend geleid te worden. Zo stap je ook een tourbus uit: je loopt met de tourmanager mee, die weet waar we zijn en tegen wie we spelen. Zo noemden Bob en ik dat.

'Spelen we?'

'Tilburg.'

'Oei, Tilburg uit, altijd lastig.'

En dan hadden we die geestige traditie ook weer gehad.

Ik drentelde altijd graag achter de tourmanager aan. Toen we elkaar voor de derde achtereenvolgende keer in een damestoilet aan stonden te gapen, zei ze beleefd dat er een soort van afspraak gemaakt moest worden hierover. Ik was het met haar eens, dit kon zo niet langer. En dus liep ze in het vervolg altijd eerst langs mijn kleedkamer en ging dan pas naar het toilet. Zo'n lul was ik geworden. Te slap om zijn eigen weg nog te vinden. Vroeger niet, maar sinds het leven was gaan bestaan uit van het ene radio-optreden naar de andere tv-quiz rennen en alles hapsnap gedaan moest worden, was ik veranderd. Ik was de baas die al het werk moest doen en aan wie iedereen verdiende, dus een paar egards waren op zijn plaats, vond ik. Nu loop ik achter een hond aan. Blind zou je mij best kunnen noemen.

De coke is kennelijk uit mijn pupillen verdwenen en mijn neus is schoon. Jim kijkt me indringend aan. Was ik nog high geweest, dan had hij weinig van me heel gelaten, ben ik bang. Nu knikt hij goedkeurend. Hij is in smetteloos wit gekleed. Net als ik een grapje wil maken dat hij niet bang hoeft te zijn dat ik zijn kostuum zal bevuilen, doet hij iets waar ik de rest van de reis last van zal hebben. Hij trekt een stoel naar achteren en ik, eraan gewend verwend te worden, wil gaan zitten. Zijn grote hand houdt mij tegen. Ik deins terug, angstig van het nuchter zijn. Doe ik iets fout? Jim knikt naar Roadie. Die aarzelt niet en springt op de stoel. Als een nieuwbakken koning zit hij aan tafel, recht tegenover de kapitein. Jim gaat zitten en ik neem de enige overgebleven stoel in, tussen hen in. Alsof ik een kind ben, terug van kostschool. Ik slik en knik. Ik snap het. Geen *special treatment*, ik ben geen popster. Ik heb hiervoor betaald, dus Jim moet wel. Hij vangt 3575 euro voor dit diner.

Jim blijkt de lastigste niet en causeert gezellig. Roadie eet hetzelfde als wij en het hele tafereel speelt zich af in een ruime, fris witgeschilderde ruimte vlak bij de stuurhut. Tijdens de maaltijd blijft de deur open en we zien de nacht over zee vallen. Ik eet zonder misselijk te worden. Een verdomd zachte tournedos in een blauwschimmelsausje. Beetje zonde van het vlees zelfs, dat sausje. Al zal het Roadie een zorg zijn, die is in twee happen klaar. Ik daarentegen gedraag me voorbeeldig.

'Wil ik nog eens bijschenken?'

'Alleen met een glaasje water ernaast, Jim.'

En dat drink ik dan ook nog, dat water.

Jim vertelt en ik luister. Ook nieuw. Maar het bevalt me. Een maag die zich koest houdt, goed eten en voor het eerst sinds jaren niet al een hele fles langs die smaakpapillen gejaagd hebben, zodat ik nog wat proef van het eten ook. En van de coke af. Nee echt. Ja ja. Echt. Voorlopig. We zien wel. En ik luister terwijl Jim praat.

Jim heet Croce. Jim Croce. Ik verzin het niet. Als ik elke naam zou mogen verzinnen, zou ik toch echt wel met een betere naam komen. Vader Italiaans, moeder Amerikaans en geboren en opgegroeid in de Spaarndammerbuurt. Vader de klassieke Italiaan die begin jaren zeventig zijn geluk kwam beproeven en uiteindelijk maar een pizzeria begon. Twee jaar later kwam moeder naar Amsterdam die, hippiemeisje als ze was, de kunst van het wiet telen eens van dichtbij wilde bekijken. Voor het eerst rookte ze goede wiet, toen al vele malen sterker dan elders, en ze raakte bijna in een psychose. Op de stoep van het stralend nieuwe etablissement van vader. Hij haalde haar binnen en liet haar drie dagen in zijn bed liggen, terwijl hij beneden in de zaak op de bank voor het aquarium sliep. De vierde avond strompelde ze de trap af en keek ze de zaak in. Het was druk en Jims vader had haar wel in de deuropening naast de keuken zien staan, maar hij had geen tijd voor haar. Zij liep weer naar boven, douchte, trok een schort uit de kast en ging in de bediening. Zonder een woord te zeggen. 's Avonds wilde hij alweer op de bank voor het aquarium gaan liggen, maar zij had haar hoofd geschud.

Haar vader heette Jim, zijn familienaam was Croce. Negen maanden later was er geen andere naam mogelijk geweest. Trots lieten ze kaarten drukken. 'Jim Croce is geboren. 12 juni 1973.' Een maand later klonk over de hele wereld, uit elke radio 'Bad, Bad Leroy Brown', van ene Jim Croce. Een eerbetoon, zo zagen zijn ouders het. Ieder ander dacht dat ze hun zoon naar de zanger hadden vernoemd. Op 20 september van dat jaar stapte de andere Jim Croce in een vliegtuig dat meteen na het opstijgen tegen de enige boom in de wijde omtrek vloog. Toen was het helemaal zijn probleem niet meer.

'Alleen een mooi verhaal,' zegt Jim. 'Just a nice story at dinner.'

'Leroy Brown kwam niet verder dan de zevenentwintigste plek of zo, dacht ik.' Ik flap het eruit, en heb onmiddellijk spijt.

'I know,' zegt Jim. 'Maar ik vaar niet alleen op Amsterdam. Nooit eigenlijk. Toevallig nu... De zevenentwintigste plek in Nederland, dus. What's your story, wise guy?' Hij lijkt niet boos.

Om met al mijn tafelgenoten weer op goede voet te komen schuif ik het laatste stukje van mijn tournedos op Roadies bord.

Die schrokt het naar binnen, maar Jim ziet het niet. God straft onmiddellijk. En terecht. Allemaal ijdelheid. Ik besluit om open kaart te spelen.

Mijn verhaal? Ik kom uit een heel klein dorpje, kwam op een theateropleiding terecht waar ik niets te zoeken had, maar waar ik op wilde, alleen al omdat het hele dorp riep dat het me nooit zou lukken. En toen dat gelukt was, won ik een paar prijzen, ik ging samenwerken met een andere jongen, we schreven liedjes, vormden een band met jongens die zeshonderdachtendertigduizend keer beter waren dan wij en verkochten twee miljoen platen. En speelden twintig jaar uitverkochte tournees. O, en dan vergeet ik nog de zesentwintig speelfilms waaraan ik meedeed, waarvan ik sommige zelf schreef en regisseerde, de prijzen die we daarmee wonnen en de zeer succesvolle tv-series waarin ik speelde. Steevast hoofdrollen. Wilde je nog meer weten, meneer-die-alleen-maar-uit-beleefdheid-vraagt-wat-ik-doe? Dat dacht ik ook niet.

In het buitenland ben ik vaker schrijver. Van eetgidsen. Veilig en niet te controleren. Het zijn per slot van rekening Nederlandse eetgidsen en ze zijn niet bovenmatig succesvol, maar ze brengen wel genoeg op om naar een prachtige stad af te reizen in het buitenland. Voor de titels gebruik ik de namen van onze cd's vermengd met eten. Simpel als dat.

Ik besluit te kiezen voor de eetgidsenkaart. Een schrijver over eten met een drugsprobleem. Waarom niet? Er zijn wel meer junkie-chefs. Het is niet eens half gelogen. Als ik ergens mijn geld mee verdiend heb, is het wel met mijn leven leuker liegen dan het is.

5.

Bob en ik deden nooit drugs. Drank wel. De overgang van *struggling young artist* in een kraakpand naar succesvolste act van de afgelopen jaren ging gepaard met de overstap van bier naar wijn. Shag werd sigaretten en daar bleef het bij. Niet eens champagne.

We werkten snoeihard, toen we nog shag en bier waren. Later ook wel, maar nooit meer zo hard als toen. Elke dag spraken we om tien uur af in ons kleine kamertje in het oude gekraakte ziekenhuis. Wie het eerst kwam, zette koffie. Twee bureaus tegenover elkaar, twee typemachines, twee gitaren, een ordnerkast en een dartbord. Wij konden goed darten. Als je dart, zie je dat lege witte vel papier in je typemachine niet zo goed. We dronken koffie tot de vriendin van de zangeres die tegenover ons een kamer had, binnen zou komen. Slaperig koos ze dan een schoot om nog even op verder te soezen. Zachtjes wiegend in je armen, en met haar billen zo draaiend dat er gerede twijfel over haar lesbisch zijn kon groeien, wachtten we tot ze met een kop koffie weer zou vertrekken.

We repeteerden elke dag tien uur lang, tienduizenden uren bij elkaar. Daarna ging het opeens helemaal loos. We namen alles aan. Stonden al in de studio als iemand er alleen nog maar over dacht om ons te bellen en we deden alles wat werd gevraagd. Covertje Halsema? Natuurlijk! Om zes uur in de morgen liedjes komen zingen voor de radio? We waren onderweg!

De doorbraak kwam op vele manieren. Iedereen die claimt aan de basis ervan te hebben gestaan heeft gelijk. Voor mij was de echte klap *Met Het Oog Op Morgen*. We hadden één mobiele telefoon en terwijl we stonden te drinken in de kroeg, werden we gebeld. Er was een gat in de programmering, of wij wilden komen, onbekende maar leuke act? En bovendien de twintigste die ze belden.

'We komen eraan,' zei ik.

'Waaraan?' vroeg Bob.

'We moeten naar Hilversum. Een uur lang radio. Vijf liedjes!'

'Maar... we zijn dronken...' Ah ja, dat was waar. We waren dronken.

We namen het risico. Eerst langs mijn huis, gitaar halen. Dan naar zijn huis, auto halen. Als we nou de hele tijd diep in zouden ademen terwijl we fietsten, zagen we tegen de tijd dat we bij de auto waren wel wie het beste kon gaan rijden. Goed idee. Dronken mensen zijn het vaak met elkaar eens.

We gingen, we plugden in, we speelden en de man die ons gebeld had kwam ons bedanken.

'Te gek dat jullie zo snel konden komen, jongens. Ik draai jullie morgen de hele dag!'

Die zin noem ik het startsein van onze carrière. De man die hem uitsprak hield woord. De volgende dag draaide hij tijdens zijn voetbalreportage telkens een nummer van onze eerste cd. En het wedstrijdje van de dag betrof Feyenoord-Ajax, de ontknoping van het seizoen. Drieënhalf miljoen mensen hoorden onze muziek. Wijzelf niet, eerst moesten we onze roes uitslapen.

De waarheid gebiedt te zeggen dat er al snel copycats kwamen. Of tenminste, de waarheid is dat gezegd dient te worden dat we dat best irritant vonden. Die copycats waren niet zo goed. Niet zo goed als Bob in ieder geval. Die deden tertsblokjes. Slappe tweede stemmetjes. Niet The Beach Boys, niet Simon & Garfunkel en zeker niet Crosby, Stills, Nash & Young. Van wie wij het gekopieerd hadden. Al noemden we ze inspiratiebronnen.

'Wat vinden jullie ervan dat andere acts jullie nadoen?'

Nooit gaven we antwoord. Zou niet chic zijn, vonden we. Tot één act het te bont maakte. Als de dienstdoende journalist niet zei dat ze op ons leken, brachten zij ons zelf wel ter sprake. De aanhaaktheorie, heet dat. Mijn vader heeft veertig jaar in de reclame gezeten, en het werkt zo: je cliënt heeft veel minder te besteden aan reclame dan de concurrent, dus zorg je dat je meelift op diens naamsbekendheid. Bijvoorbeeld: 'Net zo goed als Dash.' En terwijl ze naar jouw productnaam in de goedkope advertentie kijken, denken ze aan de dure Dashreclame. In de hoop dat mensen zullen zeggen: 'Het is verdomme net zo goed als Dash, zeg!' Bob vond het eigenlijk alleen maar gênant dat mensen ons met zo'n slechte act vergeleken, maar ik werd er gek van. Diefstal, vond ik het. Toen ik ook nog ontdekte dat ze nota bene uit de reclame kwamen, heb ik er één keer iets van gezegd.

'Wat vinden jullie van die andere act?'

'Ach,' flapte ik eruit, 'ze doen ons best.'

De volgende dag stond het op de voorkant van een krant. Meteen gingen ze huilen, die twee. En nog steeds niet in interessante melodielijnen.

Maar door die anderen hoorde men eindelijk echt hoe goed wij waren. Of Bob was, sorry. Ik mag een eikel zijn geworden, kapsones heb ik nooit gehad. Is ook niet zo verstandig, als iedereen om je heen beter is.

Jim Croce kijkt mij vragend aan. '"Wat is jouw verhaal?" vroeg ik.' Hij schenkt mij ongevraagd bij.

'Ik ben schrijver...' begin ik. En we zijn weg. Hartelijk welkom bij *Lieg je leven leuker*.

Jim veert op. Zijn grote lijf lacht. 'O, ik ben gek op lezen! Vooral Nederlandse boeken. Hoe heet je dan? Ik moet je kennen! Ik lees alles!'

'... van reli-tv.' Zelden zo slecht gelogen.

'Religieuze tv... dingen?'

'Ja. Veel...' Er komt niets meer uit. Ik was hier zo goed in!

'Jij kunt slecht liegen, vriend,' zegt Jim.

'Zeker,' zeg ik. En ik knik er nog dom bij ook.

'De vraag is: waarom zou je tegen mij liegen?'

Ik hou eens even mijn mond.

'Ik zal je helpen,' zegt Jim. 'Je bent zevenveertig jaar oud, staat op je inschepingformulier, en ik weet dus ook hoe je echt heet. Aan je rugzak kan ik zien dat je rijk bent. Die krengen kosten meer dan duizend dollar. Bovendien heb je een beugel en niet zo'n lullig huis-tuin-en-keuken-tandartsgeval, want dat heb ik zelf ook wel gehad vroeger. Vervolgens, god weet waarom, heb je een air over je van iemand die eraan gewend is dat mensen hem kennen. Ik kijk weleens tv en dan zie ik jouw type. Niet vervelend, maar glimlachend om niks, een beetje leeg. Verdedigingsstand.'

Waar komt dit opeens vandaan? Was dit niet gewoon een gevalletje: hoe gaat het? Goed. Jij? Ook goed?

Jim roert zijn jus van de ene naar de andere kant van het bord. Die gaat niet meer eten, zou mijn moeder zeggen.

'Wat heb jij te winnen met tegen mij liegen?' Jim herhaalt het even. Voor wie te laat heeft ingeschakeld, kennelijk.

'Rijk, bekend, beroemd misschien zelfs. Maar zwaar aan de coke en de drank. Een dure beugel in je mond en een hond die overduidelijk of nét van jou is, of helemaal niet van jou.' Sherlock legt zijn vork neer. De grote juskijker is klaar met zijn analyse. 'Bovendien ben je veel te dik.'

'Nee, jij bent mager,' zeg ik machteloos.

We zwijgen.

'Begin maar eens bij de drugs,' zegt Jim. 'Het duurt nog anderhalve dag voor ik iets moet doen.'

Ik ben zanger. En acteur. En ik ben een van de weinigen die dit mag combineren, gek genoeg. Al twintig jaar de wind mee, totdat mijn collega-vriend dan wel partner zei: 'Ik vind dat we ermee op moeten houden. Wat vind jij?' En ik zei: 'Ja, vind ik ook.' Omdat ik op dat moment links afsloeg in plaats van eerlijk te zeggen wat ik wil, ben ik linksaf blijven gaan. Uit elkaar, niks meer aan te doen.

Sindsdien doe ik telkens alles wat ik niet wil doen. Geen idee waarom. Alsof ik geen controle meer heb, het niet meer voor het zeggen heb in mijn eigen hoofd. Ik nam bijvoorbeeld een lijntje. Nog geen drie maanden geleden het eerste en sindsdien elke dag.

Ik ging naar het enige hotel in de stad dat ik vanbinnen kende omdat we er weleens interviewsessies deden en betrok kamer 107. In een oogwenk. Alsof je naar een tv-serie zit te kijken en je bent even weggedoezeld. Eerst heeft de hoofdpersoon een geweldige carrière en een warm en lief gezin met prachtig huis, en als je wakker schrikt na je dutje, dat geen minuut geduurd kan hebben, zie je hem huilend zijn niet bepaald eerste lijntje nemen, in een hotelkamer. Wel een chique hotelkamer. Nog steeds rijke popster. De gouden goot.

Toen ik die eerste nacht naar de hotellobby liep, stond het hele personeel te dansen op een lied dat ik heb geschreven. Snoeihard klonk het door de lobby. Wel dertien mensen dansten en sprongen, vrolijk. Pas bij het tweede refrein hadden ze door dat ik naar hen stond te kijken. Iemand deed de installatie uit en iedereen stopte met dansen alsof het een stoelendans was en ging aan het werk. Een dame liep naar me toe.

'Dag, hallo. Sorry van net, maar we zijn echt fan. We doen dit elke avond. Hebt u bagage? Nee, u hebt geen bagage, zie ik. U wilt wel logeren bij ons, toch? Of wilde u naar de bar? De bar is al dicht. Ik kan hem openmaken. U wilt een kamer? Ik heb een geweldige kamer voor u. 107. De mooiste. En het kost u maar de helft van het geld, zolang als u wilt blijven, hoor. Als er iets is, horen we het graag. Ik weet wie u bent. Morgen doen we het papierwerk wel. Dit is uw keycard. Niet bij uw telefoon doen! Hahaha. Welterusten. We zijn echt fan! Dag!'

En ze rende met een vuurrood hoofd naar achter om per ongeluk de stereo weer hard aan te zetten. Heel even hoorde je mijn eerste nummer 1-hit weer. En uit. En toen, vanachter zo'n handig opgesteld verplaatsbaar 'dat moet ik aan mijn chef vragen'-muurtje, klonk een heel klein windje.

Ik wachtte nog even maar begreep dat die dame zich niet meer zou laten zien.

Trap op, deur open, hier zou ik de komende maanden wonen. Ik was de controle kwijt. Als een bokser zonder verzorger. Ik kon nog steeds vechten, maar zonder mijn verzorger sloeg ik maar wat om me heen. En dan verspil je energie, je krijgt klappen die je normaal eenvoudig kunt ontwijken. Bob was mijn verzorger geweest. En die was zomaar de ring uit gelopen. Nee, de zaal zelfs. Dwars door het publiek heen. Hij die mij ooit beschermd had tegen alles. Ook tegen de dope.

Jim opent een nieuwe fles en Roadie begint aan een nieuwe fase van de nacht. Die slaapt. Jim niet, hij geniet. Ik speel al twintig jaar voor publiek. Ik zie wanneer ik ze heb. Jim is binnen.

In de tourbus, midden op de dag. Ik maakte net mijn derde pakje sigaretten open en bedacht dat ik geen idee had waar we heen gingen. Om zes uur waren we al opgehaald, dat weet ik nog. Dat het zes uur was. Ze waren te laat. We werden al maanden om zes uur opgehaald, elke dag. En altijd was het donker. Maar de zomer was begonnen, bleek. Terwijl ik stond te wachten werd het licht. En ik dacht: verrek, we wonen hier nu al een halfjaar en dit is de eerste keer dat ik mijn huis bij daglicht zie. Verwonderd stond ik te kijken. Mooi huis. Ex had het gekocht. Terwijl ik op tour was in Groningen en Friesland. Dan bleven we daar altijd in hotels. Om zes uur naar de radio, om negen uur weer, dan om elf uur tv. Om één uur weer een radio-optreden en nu waren we dus op weg naar een theater. Maar welk? En waarvoor? Ik wist het echt niet.

'Nu begrijp ik waarom mensen aan de drugs gaan,' zei ik tegen Bob. Ik hoorde zelf de ongelooflijke vermoeidheid in mijn stem niet. Omdat een reactie uitbleef, draaide ik me om naar Bob. Die keek me zwijgend aan.

'Wat?' zei ik.

'Ik weet niet waar we heen gaan.'

'Ja. Waar gaan we heen? Wat gaan we doen? Of is het geheim?'

'Winterswijk?'

Winterswijk? Dan was het theater. Prima. Ik hield van theater. We zwegen. Tien minuten, een kwartiertje. Bob keek af en toe opzij, naar mij, vragend. Toen pakte hij ineens onze gezamenlijke mobiele telefoon en belde hij het management.

'We spelen vanavond nog en dan is het op. Is het Winterswijk?'

De manager zei iets.

'Dat we ermee ophouden. We zijn kapot. Spelen we in Winterswijk vanavond?' Hij wist het ook niet meer. Het was een gokje geweest.

Ik was ontroerd. Natte ogen had ik. Slikken. Ik keek naar Bob. Hij was ook ineens doodmoe.

'Nee. Nee. Afzeggen. Alles,' zei hij. 'Spelen we in Winterswijk?'

Het was niet Winterswijk. Onze laatste show voordat we weken gingen slapen, zou Delfzijl worden.

'Stoppen bij Delfzijl of aan de dope. Popster in Holland!' Jim giert het uit.

Ik weet zeker dat hij nog nooit een programma van Gil en Gier heeft gezien, maar hij lijkt nu op allebei. Hij slaat zo hard op tafel dat de glazen opspringen en Roadie één oog opent.

'Dat is geestig,' hikt Jim. Hij veegt de tranen van zijn wangen. 'Dus... je hebt twintig jaar succes gehad, met je beste vriend. Die je altijd beschermd heeft. En op het moment dat hij, na twintig jaar, *mind you*, zegt: "Ik geloof dat ik de komende twintig jaar misschien weleens iets anders zou willen doen," raak jij zo in paniek dat je niet over je eerste bergje coke heen kunt kijken?'

Zeg, Dr. Phil, neem een talkshow of zo als je zo graag lekker wilt samenvatten wat ik je net heb toevertrouwd. Ik sta op, beledigd.

'En nou ben je beledigd? *Come on*, je ziet er zelf toch ook wel de grap van in?'

'Nee, die zie ik niet, nee. Ik ben mijn hele leven kwijtgeraakt. In drie maanden tijd!' Ik wil naar Roadie gebaren dat hij mee moet lopen, maar daar zijn nog helemaal geen vaste afspraken over gemaakt, merk ik.

'Je snuift pas drie maanden?' En daar gaat Jimmie weer, op zijn zij, hikkend. Toch meer Gier dan Gil, zie ik nu. Ook al is hij wat mollig, dus zou hij die ander moeten zijn.

'Blij dat je mijn ellende zo grappig vindt...'

'Ach, jochie toch,' zegt Jim. 'Weet je zeker dat jij dwars door Amerika gaat rijden? Dat is de echte wereld, hoor. Niet dat Madurodam waar je volkszangertje was.'

Ah, de samenvatting voor het publiek.

'Ik ben een groot artiest, hoor, ook al is mijn piste klein!'

Meestal kom ik wel weg met een metafoor. Daar zijn ze voor, volgens mij. Niet om de ander iets uit te leggen, maar om de ander de mond mee te snoeren. Zodat jij met de laatste slag de kamer uit kunt lopen.

'Je bent een klein mens dat nu eindelijk de kans krijgt volwassen te worden. Je vriend heeft je weer een dienst bewezen.'

Ik loop de kamer uit. Geen metafoor. Kombuis, *dining room*, *whatever*. Weg bij Jim. Roadie zoekt het maar uit.

Woedend stamp ik de ene gang na de andere door. Kutschip! Wat is dat toch met mensen? Altijd krijgt degene over wie ik klaag gelijk. Waarom? Wat valt daar nou mee te winnen? Je zit toch met mij te praten? Dan zeg je toch: 'Tjongejonge, wat een lul,' of: 'De heks! Deed ze dat?' Je gaat die ander toch zeker niet verdedigen? Mopperend en dronken sla ik tegen deuren en dreun de zinnen op als een mantra. Tot ik weer in de kombuis sta. Jim en Roadie slapen. Gelukkig is er nog wat wijn.

6.

We staan op het dek, acht uur in de morgen. Miss Liberty is al een uur of twee in zicht, maar we komen niet dichterbij. Nooit gezien, Manhattan vanaf het water. In het ochtendlicht. We moeten wachten, ik vermoed omdat we geen bederfelijke waar hebben. Ik heb in New York gewoond toen ik op de filmacademie zat. De stad ontwaakt met de Chinezen. In het holst van de nacht gaan ze naar de haven en halen alles van boord, wat ze weer voor belachelijk lage prijzen verkopen. Groente en rijst verkopen ze voornamelijk aan elkaar. Hebben ze het eenmaal klaargemaakt, verkopen ze het aan jou. Het eten dat ze én klaarmaken én aan elkaar verkopen is trouwens vele malen lekkerder, maar daartoe moet je echt geïntroduceerd worden. Dat zijn die kleine restaurantjes waar je de Keuringsdienst van Waren niet binnen wilt zien komen als je net aan je bord begint. Omdat je weet dat ze iets zullen vinden. Dat kun je zien aan de wegrennende eigenaar.

Andere waar komt later van boord, zoals onze schoenen. Om ons heen liggen tientallen andere schepen te wachten tot ze mogen aanmeren. Daar kan van alles in zitten. Auto's, spotgoedkope kleding, of een miljoen stereotorens die per stuk minder wegen dan een pak sigaretten. Die troep gaat trouwens ook vaak naar de Chinezen. Dat is nou eenmaal een handelsvolk. En Manhattan is de markt. Letterlijk. Bij ons moet je het niet proberen, maar hier onderhandel je. Over alles. Scheelt enorm veel geld. Een iPhonehoesje van twintig dollar moet je niet kopen voor twintig dollar.

Je hoort weleens van die verhalen van vakantiegangers. 'Dus die man noemt zijn prijs en ik zeg: "goed". Maar die man zegt: "Nee, nee, nu moet u een prijs noemen. En dan ik weer, en dan u weer. Bargain, sir, bargain." Kreeg ik het voor de helft. Zo aardig!'

Ja, heel aardig. Maar dat was niet in New York.

Als iemand hier vijftien zegt en jij zegt goed, zegt hij onmiddellijk: 'Okay, fifty, deal.' En daarna is zijn Engels ineens een stuk minder geworden. Maar behulpzaam als hij is zal hij de juiste dollars uit het door jou voorgehouden stapeltje trekken. En als je protesteert, komt die vleesklomp naast de horloges even van zijn stoel. Alleen zijn billen even omhoog en jij loopt door, geloof me. Het is niet onaardig bedoeld van ze. Het is jouw eigen schuld dat je dom bent. En het gebeurt je geen tweede keer, dat scheelt. Of vierde keer, in mijn geval. Ik ontdekte pas dat alles onderhandelbaar is toen ik geen belangstelling had in dat iPhonehoesje. Pas als je je niet meer laat naaien ben je een echte New Yorker. Bij mij duurde dat een maand, toen werd ik geïnitieerd.

In alle vroegte liep ik de Au Bon Pain op Broadway bij Great Jones binnen en glunderde al bij het idee van een *whole wheat tuna cheese* en een cappuccino. De zaak was zo goed als leeg. Achter de toonbank stond een enorme, zwarte jongen, type Shaguille O'Neal. Met een bezem.

'What you want?'

Ik hoorde mezelf zeggen: 'What you want? What do you mean: "What you want"? That's not the way it works! I'm a goddamn costumer. You say goodmorning sir, I say goodmorning! You say: "What can I do for you, sir?" And I'll say: "A whole wheat tuna cheese, don't melt it, please." And you'll go and make one. That's the way this works! "What you want!"'

Terwijl ik stond te wachten tot Shag zijn bezem, zonder van zijn plek te komen, over de toonbank heen mijn kont in zou rammen, hoorde ik: 'You're absolutely right, sir. I'm very sorry. Right away, sir.' Hij draaide zich gelukkig snel genoeg om zodat hij mijn verbaasde gezicht niet meer kon zien. Twee minuten later had ik een prachtig ingepakt broodje en stond ik buiten, afgerekend en wel.

Ik liep door naar Union Square waar ik altijd afsprak met Omar, voor we naar de academie gingen. Even ontbijten in de zon. Ik vertelde hem over mijn avontuur. Omar is *born and raised* in New York.

'Natuurlijk is hij overdreven beleefd. Die jongen heeft waarschijnlijk drie baantjes om twaalf familieleden te onderhouden en als jij naar zijn manager was gestapt, zou hij meteen ontslagen zijn. Voor hem dertig anderen die meer familieleden moeten onderhouden. Hij vergiste zich, *that's all.* Was in gedachten nog zichzelf, in zijn eigen *hood.*'

Ik knikte en nam een hap.

Omar vervolgde: 'Al zou ik dat niet eten, natuurlijk... tenzij je hem de hele tijd in de gaten gehouden hebt. Dan kan het. Denk ik. Misschien. Anders...' En hij spuugde op de grond. Grijnzend.

We varen weer! We gaan vooruit. Richting Liberty. Roadie voelt het ook en komt overeind. Staart omhoog, strak voor zich uit kijkend.

De zon verdampt alle dauw op het dek. Manhattan straalt als vanouds. De Verrazano Bridge is indrukwekkend hoog als we eronderdoor glijden. Ik hou zo van deze stad. Anoniem ben je er. In mijn geval echt heel prettig. Amerikanen kennen mij niet. Toen ook niet, op de Film Academy. Tot een klasgenoot me gegoogeld had.

'You're famous,' zei hij beleefd. Beleefd omdat ik famous was in Holland. En Holland was in zijn ogen een mooie provincie in Zweden. Hij wist het zeker. Famous dus, als in Eau Claire, Wisconsin. *Big fucking deal* was het. Maar hij was nergens beroemd, dus was het te gek: 'Good for you, pal.' En door met de dag.

Vast niemand hier die mij nog kent en al helemaal niemand die weet wat voor puinhoop ik achtergelaten heb in die mooie provincie in Zweden. Ik heb er zin in.

Ik ben nog steeds rijk, gezond zou ik me niet willen noemen met mijn vette pens en bolle drankkop, maar dat komt wel goed. Ik ben in ieder geval van de drugs, al achtenveertig uur. Zal ik maar meteen stoppen met roken ook? Ik haal mijn sigaretten en aansteker uit mijn jaszak en smijt ze met een grote zwaai het water in. Roadie springt tegen de reling op. Erachteraan! Nee, dombo. Ik grijp naar beneden en pak zijn halsband.

'Honden zijn echt niet zo dom, hoor,' hoor ik achter me. Jim. Goedemorgen, wijsneus. Ik weet dat ik boos op hem ben, maar ik ben vergeten waarom. De drank. Ik brom iets. Het zou op een groet kunnen lijken.

'Niet boos zijn, jochie,' zegt hij. 'Niet op mij, in ieder geval. Je redt je wel. Ook al gestopt met roken, zie ik. Goed zo. Ik heb een cadeautje voor je.' Zijn enorme handen hebben een bruine canvas zak vast. In mijn handen lijkt het ding twee keer zo groot. 'Om in shape te komen. Pas goed op jezelf. En zorg dat je beter thuiskomt dan dat je vertrok.' En hij krabt Roadie liefdevol in zijn nek en slentert weg. Alsof hij de zon in loopt. Grote man, dikke trui, grote stappen. In een halo van sluiermist, oranje van de morgenzon. Romantisch beeld: zeker. Maar over een uur gaat hij acht miljard schoenen uitladen. Dus jaloers worden hoeft niet.

Iedereen die weleens op JFK is geland, weet hoe gezellig het daar in zijn werk gaat. Douaniers staan je dansend en glimlachend op te wachten. Hoe de vlucht was en of je even daar wilt gaan staan? Bij dat loket waar niemand anders staat. En ook daar zit een volkomen relaxte ambtenaar die belangstellend vraagt of je hier weleens eerder bent geweest. En dat je als je tijd hebt daar en daar eens heen moet. NOT! Als vee word je door volkomen *out of shape* zijnde donutvreters een lang, onduidelijk labyrint van afzettingen in geblaft. Na vijfenveertig minuten kom je als je mazzel hebt in een rij voor de kassa van de man die gaat bepalen of jij überhaupt wel Amerika in mag. Hij heeft het persoonlijk liever niet. Terwijl hij je paspoort in ontvangst neemt, kijkt hij je aan alsof hij je herkent. Was jij niet de grootste drugssmokkelaar van Cuba? El blondo drugsmokkelaro? Voor de zekerheid drukt hij alvast de knop in die een bewaker verderop alarmeert. Die loopt vervolgens op je af alsof hij je met één trap terug het vliegtuig in zou kunnen schoppen. Een lastige klus, maar hij lijkt volkomen bereid het te proberen. Douanier één, die jou inmiddels schuldig heeft verklaard aan verscheidene misdaden tegen de menselijkheid, gebaart dat je je vingers op dat groene plaatje voor je moet leggen. Nee, andere hand natuurlijk, *retard*! Ja, en nou die andere hand. Hij kijkt bewaker twee aan. Die begrijpt de blik en ontkoppelt vast zijn pistool. Nu komt de foto. Of u even hierin wilt kijken. 'NIET ZO DICHTBIJ!' Hij spuugt het snoeihard in je gezicht. Maar omdat er nog vijfenveertig hokjes zijn waar hetzelfde gebeurt, valt het niet zo op.

Op zijn schermpje komt niets anders te staan dan dat je een sukkel uit Holland, Zweden bent die New York wil zien. 'Bussiness or pleasure?' Altijd pleasure zeggen. Als ze kwaad willen, mag je mee naar achter. Als ze je, volledig tegen hun zin in, naar de bagagebanden laten gaan, kijken ze je even na. Alsof ze willen zeggen: we hebben nog steeds het recht je neer te schieten.

Doorlopen dus. Langzaam. Heb je eenmaal je koffer, dan ben je vrij. Alleen nog even je witte formuliertje inleveren bij die Nothing-to-declare-figuur. Die zit meestal gezellig te keuvelen met de andere Nothing-to-declare-figuur, dus je stoort alleen maar. Het zal ze een worst zijn wat je niet aangeeft, als je maar doorloopt.

Als je van boord gaat in de haven van New York is de procedure anders, zo blijkt nu – die bestaat namelijk niet. Ik heb een rugzak om, een dribbelende hond naast me en de papieren waarin staat dat de hond bij mij hoort gevouwen in mijn paspoort. Maar niemand wil ze zien. Als je van een passagiersschip komt zal het vast anders gaan, maar ik kom van de schoenenboot van Jim Croce.

In de ochtendzon lopen we over de kades op goed geluk richting uitgang. Daar waar de volle wagens heen rijden, lijkt me. Een herrie vanjewelste en boven onze hoofden vliegen containers over rails als op hun kop hangende treinwagons. Die gaan vanaf Arthur Kill op Staten Island helemaal naar New Jersey. Ik heb geen idee waar we heen moeten, maar er lopen steeds meer mannen met rugzakken en tassen om ons heen. Als we bij een poort met een slagboom aankomen zijn we gegroeid tot een rij van twaalf man. De man in het hokje zwaait ons door. Lekker lopen, jongens! Alsof we oude bekenden zijn. Hij roept nog net niet 'Welcome back!' grap ik tegen mezelf.

'Welcome back!'

Toch wel. Ik zwaai, net als de anderen, vermoeid, met half opgeheven arm. Langs de slagboom, en we blijven de mannen volgen. Bushalte. De bus stopt. We stappen in. Twee dollar. Kennelijk mogen honden mee de bus in. Verdomme, wat ik niet allemaal had kunnen smokkelen! Goud geld had ik kunnen verdienen als ik dit geweten had. We zitten voor in de bus. Richting Penn Station. Terwijl de bus zich tussen het andere verkeer wurmt, besef ik ineens dat het eerste deel van mijn reis er alweer op zit.

Waar gaan we slapen vanavond? Mag een hond een hotel in? Ik aai Roadie. Hij schrikt en springt van de bank af. Het is tien uur, het is een schitterende dag. Ik val in slaap, net als Roadie.

7.

In het voorjaar van 2006 vertrok ik naar New York. Mijn eerste huwelijk was aan gruzelementen om de gebruikelijke redenen. Een van ons kon de ander niet uitstaan en ze had nog gelijk ook. Mijn tweede huwelijk liet behoorlijk op zich wachten. De beoogde dame wilde niets met mij te maken hebben. Dat wist ik omdat twee flessen voordat ik de beslissing nam om in New York te gaan wonen er eèn sms kwam met de woorden: 'Laat er geen misverstand over bestaan, ik wil nooit meer iets met jou te maken hebben.' Ook zij had gelijk en ik stortte helemaal in, zoals een pathetisch romantisch weltschmerzgevoelig zangertje betaamt. Ik gooide mezelf op de rode zitzak voor de tv met een fles rode wijn, huilde zeker een kwartier de tranen uit mijn ogen en besloot toen de serie *24* op zijn tijdcode te controleren. Het is 24 x 40 minuten, maar met de reclame tussendoor kom je op 480 minuten. 8 uur, geen 24. Zeer, zeer nuttige informatie. Uiteindelijk was ik in slaap gedommeld, om de zaak de volgende ochtend eens nuchter te bekijken.

Ik was zesendertig, had een prachtzoon, een geweldige carrière die mij veel geld opleverde en twee vrouwen die mijn bloed wel konden drinken. Om uiteenlopende, maar zeer terechte redenen. De ene omdat ik haar verlaten had en de andere omdat ik maar niet het lef had om naar haar toe te komen. Het voordeel van als je iemand verlaat voor een ander, is dat je dan met die ander gaat. Als je weggaat om andere redenen, bijvoorbeeld omdat je niet van plan bent de komende twintig jaar ook nog eens op eieren te gaan lopen, ben je alleen. Ik wilde niet alleen zijn, maar ook niet om de verkeerde redenen met iemand gaan of bij iemand weggaan.

Ik kwam er niet uit, met als gevolg dat de dames er ieder voor zich wel uit kwamen. En toen was ik alsnog alleen. Ik vroeg me af wat mij nog in Amsterdam hield. Mijn zoon. Maar die moest de hele dag naar school. Elke ochtend stond ik op, zeven uur, fris en in een schoon huis. Nooit had mijn prins één glas of asbak gezien. Wakker maken en samen naar beneden. Vrolijk. 'De dag is er weer,' zei mijn zoon dan. Vervolgens gingen we wentelteefjes bakken, douchen en op de fiets naar school, hij lekker voorop. Papa stortte om halftien wel weer in.

Op zo'n ochtend stond ik voor het raam te wachten tot ik zoonlief weer van school mocht gaan halen. Niet te vroeg komen, want dan zouden de andere ouders denken dat ik niks beters te doen had. De scheiding was algemeen bekend, maar aan mij zouden ze niet zien dat ik eraan onderdoor ging. Nooit zou ik ongedoucht op het schoolplein verschijnen.

Het begon te sneeuwen. Ik hou van sneeuw. Ik verheugde me erop om erdoorheen te mogen ploeteren. En ik dacht: wat willen ze nou toch van me? De ene wil me niet terug en de andere wil me niet hebben als ik nog steeds terug naar die ene zou kunnen. Toen vroeg ik me af wat ík nou eigenlijk wilde. Als ik niet de hele tijd aan de wensen van anderen zou moeten voldoen, wat zou ik dan doen? New York, geen twijfel mogelijk. Maar dat leek me toch een stap te ver, in één keer. Twintig jaar huwelijk, dat maakte geen man die hoeken sloeg. Dat maakte een man die vroeg: 'Deze hoek? Of wil je liever een andere hoek? Welke hoek zou jij willen? Doen we die hoek...'

Ik koos voor een milde tussenweg. Zij wilde de auto? Prima.

Scheiden van de auto deed me niks. Hier. Koop ik een Land Rover D110. *Fuck you.* En dat deed ik. Ik ging op reis. In mijn eentje, want mijn zoon moest naar school en die twee vrouwen konden de boom in. Alleen door Europa ging ik.

Uiteraard ging die Europatrip helemaal mis. Het was prachtig stoer alleen, totdat mijn ex mij sms'te: 'Kom naar Bologna.' Ik toch slap, laf – ik erheen. Toen ik aankwam en we gezellig zaten te dineren aan een mooi plein, romantisch, wijntje, maanlicht, zei ze: 'Ik wil de helft.' Ik vroeg nog beleefd: 'De helft waarvan, schat?' O, daarvan. Dus dat was het einde van die romantiek. Dat was het einde van alles daar. Ik reed verder, mooi eenzaam romantisch, vol zelfmedelijden, een film. Met de auto op de boot van Genua naar Barcelona. Een sms. Popsterweduwe twee: 'Pik me op in Frankrijk! Ik wil je.' Fijn! Ik was er nog niet of weduwe één belde weer: vader dood en haar broers vlogen elkaar naar de strot om wie welke toespraak mocht gaan houden. Kom helpen. Dus ik pikte weduwe twee op, en zei dat ik helaas meteen weer weg moest... Hoppa, hommeles. En weg was ze.

Weduwe één wachtte mij op, liet mij de ruzie beslechten en alles regelen en zei aan het eind van de middag: 'Dit is Midas... We hebben het heel leuk samen.' O. Had hij niet wat kunnen betekenen hier? Nee? Hoe beviel mijn huis? Of zoals jullie het waarschijnlijk gierend van de lach 'haar goed recht' noemden? Graag gedaan hoor, veertigjarige jongeman met baard en skateboard. Wie kwam er in hemelsnaam op een skateboard naar zijn nooit meer toekomstige schoonvaders begrafenis? Met zijn veertig jaar? Loser! Dat zei ik allemaal niet, uiteraard. Ik ben goed opgevoed.

Ik raakte steeds meer kwijt. Mijn schoonvader was een van mijn beste vrienden. Geweldige man. Met fouten ja, wie niet? Maar voor mij was hij goed, voor zijn kinderen ook, zijn ex, voor allemaal. Hij deed vrijwilligerswerk voor iedereen die in nood zat. Bejaarden, asielzoekers, D66, onbezoldigd. De enige die op zijn eeuwige toorn kon rekenen was zijn ex-partner bij het bouwbedrijf. Dat A2-gedoe, weet u nog? Maffiapraktijken waar mijn schoonvader niet aan mee wenste te doen, en dus werd hij door zijn beste vriend en partner zijn eigen bedrijf uitgewipt. Met de beste verdediging die die andere kerel kon vinden, namelijk hém beschuldigen van maffiapraktijken. Geen goed woord had mijn schoonvader voor hem over. En met geen goed woord bedoel ik dat als we over de A2 reden, hij alle woorden die echt niet goed zijn om over iemand te spreken, er zo fanatiek uitspuugde dat ik serieus overwoog ruitenwissers aan de binnenkant van de voorruit te plaatsen. Als hij op de achterbank zat, kreeg ik een drijfnatte nek. U begrijpt dat we heel wat omgereden zijn om de A2 te vermijden. Sommige mensen doen niet eens hun best om uit de hel te blijven, zei hij dan. Die kopen keer op keer een kaartje. Ze zullen elkaar niet tegenkomen boven, gelukkig.

Het nadeel van geld hebben is dat je alles kunt kopen om te maskeren wat je met geld niet kunt kopen. Je huurt een prachtig huis, en dan hoop je dat je ex op een dag binnenkomt en je aan haar gezicht kunt zien dat ze spijt heeft. Dat ze mij, en een groter huis had kunnen hebben. Maar zo werkt het nooit. De kans bestaat dat ik niet zag dat ze dat toch dacht, maar de kans is aanzienlijk groter dat ze dacht: jongen, toch... met al je centjes... En dat ik ervoor koos om dat maar niet van haar gezicht af te lezen.

In werkelijkheid zei ze: 'Zeg, waar ik voor kwam... Kun jij vanmiddag onze zoon van school naar zwemles brengen, want ik heb een afspraak, dus... ja? Fijn!'

De geest van de mens. Of van de man, weet ik het. Ik was zelf weggegaan, omdat zij dat geestelijk al veel eerder had gedaan, maar nergens heen kon. Ik wilde bovendien, maar niet per se gelijktijdig, liever de constante nabijheid van een andere dame en voor ik het wist zat ik in een schitterend huis, in officieel de mooiste straat van de stad, gesprekken te voeren met juist die mensen die er niet waren, omdat ik ze weggestuurd had.

De nieuwe. De mooiste, de liefste. Ik was veilig en gewild. Wat een wonder. En wat een wonder dat ik dat nooit eerder had in een relatie. Maar ik ging niet naar haar toe. Ik wilde wel, maar durfde het niet. Hoe kun je weten dat wat je voelt waar is? Voor een lied hoeft dat niet, al is het wel handig. Maar het leven is geen lied. Gelukkig niet. Dat is dan wel weer een lied, in beginsel. *Maar het leven is geen lied, gelukkig niet, gelukkig niet.*

Niet nu, ik ga geen lied schrijven. Even geen grap of leuke punchline; al is dat wel wat ik het beste kan: mijn leven in hapklare brokken verstrooien waarvan de angel, het verdriet, met een grapje wordt verzacht. Opdat er weer gelachen en gedronken wordt. Dit verzin ik niet, dit schreef een journalist. En hij heeft gelijk. Dus nadeel twee: niet alleen het geld om te maskeren is een pest, de gave om alles af te slijpen, rond te lullen en hapklaar te verpakken maakt me ook niet bepaald oplossingsgericht.

Waarom het met haar niet lukte? Omdat mijn hoofd mijn hart in de weg zat. Zo simpel was het. Daar kun je ook een lied over schrijven, maar de uitleg in de coupletten zal zeurderig zijn. Ik dacht alles dood. Op het moment dat mijn hart besloot dat ik volslagen debiel zou zijn als ik haar niet zou volgen, had mijn hoofd een tegenargument.

Ik wil wakker worden en als eerste de zon in haar haren zien. *En op dat moment staat een andere man in de gang van je oude huis klaar om met je zoon naar voetbal te gaan.*

Ik wil met haar door wereldsteden lopen en 1000 kilo zwaarte, verdriet, last van mijn schouders voelen glijden. *En op dat moment glundert je zoon: 'Je bent de allerliefste vervangpapa van de hele wereld!' tegen een zak hooi die omdat-ie een ijsje voor hem kocht met zijn moeder naar bed mag.*

Ik durfde niet. Al lijkt het erop dat ik niet durfde omdat ik alleen maar bang was te verliezen wat ik had, en niemand anders gunde wat ik niet meer wilde. Was het maar zo simpel. Het was meer dat ik verdomd goed wist dat ik niemands leven helemaal overhoop mocht gooien om na een halfjaar te zeggen: 'Sorry, vergist.' En daar twijfelde ik dan zo lang over dat het halfjaar dat ik mezelf niet gunde bij haar te zijn, vergooid was aan twijfelen of ik wel bij haar mocht zijn. Of zelfs maar in haar nabijheid. Gek werd ik van mezelf.

Die twijfel hield ik heel lang vol, in alles. Tot ik uiteindelijk uit beide bedden verbannen werd en mezelf op een avond terugzag in het zwart van de uitstaande tv aan het voeteneinde van mijn bed. Een doodongelukkige, dikke man met een emmer kip van de KFC. Ik was zo dronken dat ik dacht: waarom kijk ik dit eigenlijk? Hoppa. Anekdote, afgesloten met een pakkende slotzin. Zo is mijn leven nou eenmaal geworden, excuus.

Mijn huwelijk was voorbij, mijn schoonvader was overleden, mijn nieuwe relatie was dood bij geboorte.

Toen kwam New York wel heel dichtbij.

Eerst moest ik het mijn zoon vragen. Hij was per slot van rekening de enige die kon zeggen dat ik niet mocht gaan. Aan de keukentafel vertelde ik hem mijn plan en keek hem angstig aan. Het is een gevoelig kind.

'Hoelang ben je dan weg?'

'Drie maanden...'

'Achter elkaar?'

'Ja...' Nu dacht hij na. Zijn neusje frommelde zich en zijn ogen gingen een beetje dicht.

'Hoelang is dat?'

Tja, hoelang is drie maanden?

'Weet je dat je naar school gaat als we net twee dagen gevoetbald en gegamed hebben?'

'Ja, maandag.'

'Ja. Nou... dan die hele week. Dus vijf dagen...'

'Plus die dagen dat we dan niet voetballen en gamen?'

Slim kind. 'Ja, lieve jongen. Die dagen er ook nog bij. Dus zeven...'

'Dat valt mee.' Hij haalde opgelucht zijn neus op.

'Ja. Maar dan keer vier en nog eens keer drie...'

'Wat?'

'Die vijf dagen school, twee dagen spelen en dat dan... twaalf keer...'

Hij zat doodstil.

'O.'

'Ja.'

'O. Dat is lang, hè?'

Ik knikte. En hij begon te huilen.

'Waarom zo lang?'

'Omdat ik daar naar school moet. Ik ga naar de filmacademie. Films leren maken...'

'Maar je speelt hier toch al in films?'

'Jawel... Maar daar zijn andere mensen om mee te spelen, zeg maar. Andere filmmensen. Die wonen daar. Ik moet daar bij hen spelen.'

'O.'

Hij dacht na.

'Je kunt toch ook vragen of ze bij ons kunnen spelen?'

Nu moest ik huilen, maar ik liet het niet zien. Ik dook met mijn hoofd de koelkast in.

'Ik zal het ze vragen, jongen. Morgen. Laten we iets koken.'

De volgende ochtend kwamen we overeen dat ik elke twee weken het hele weekend naar huis zou komen.

'Je bent toch rijk?'

'Ja.' Daarna niet meer waarschijnlijk, maar jammer dan. Om de twee weken zou ik op zaterdagochtend terugkomen. In een leeg huis. Alle lichten aandoen, gezellig maken, hem ophalen, samen zijn tot zondag vijf uur. Dan hem weer naar zijn moeder brengen, Schiphol en maandagochtend met slechts drie uur slaap weer in de schoolbanken zitten. Ons pakten ze niet. Als je iets echt wilde, dan kon het.

Later, toen ik hem in bed legde, zei mijn zoon: 'Niet bellen, hoor. Dan mis ik je.'

Drie dagen later moesten Bob en ik ons contract verlengen met Sony, onze platenmaatschappij. We spraken af voor de lunch in een Chinees restaurant in Hilversum. Onze cd's stonden op nummer één en twee en Sony wilde ons graag houden. We waren op de top en daar was verder niemand anders te vinden, dus ze vroegen wat we wilden hebben en we gooiden er nog een stereotoren tegenaan. Waarom? Omdat Frank Rijkaard, die eigenlijk naar een Spaanse club wilde, ooit bij PSV onder contract bleek te staan. Hij had nog niets getekend, maar wel bij de eerste verkennende ontmoeting met de Eindhovenaren dankbaar een stereotoren in ontvangst genomen. Een cadeautje, dacht Frank. Een vorm van salaris, vonden ze bij PSV. Dus wij wilden ook een stereotoren.

Nog voor we gingen zitten, zeiden we: 'Eerst twee stereotorens! Daarna lullen we pas verder.' Nog voor de lunch op tafel stond, werd er een karretje met daarop twee stereotorens naar binnen gereden. Het nieuwste van het nieuwste. Een signaal van de platenjongens. Kijk eens, zo machtig zijn wij. Regelen wij in twintig minuten. Om halfdrie waren we allemaal vrienden en iedereen was in de lorum, behalve ik want ik was de Bob. En ik liet me, echt per ongeluk, ontvallen: 'Jullie van Sony moeten toch wel iemand in Amerika hebben die een appartementje in

Manhattan kan regelen? Ik heb namelijk geen idee waar ik moet gaan wonen...'

Zes weken later werd ik opgehaald door de limousine van Sony USA. Achterin zat Bambie. Zo heette en zo zag ze eruit, maar zo gedroeg ze zich niet. Powervrouw in maatpak. Blond, superslank en volkomen *in control*. Voor dit gedoe had ze een uur uitgetrokken.

'Hi Thomas, welcome to the States! Love your albums.' En ze hield twee sleutels omhoog. 'Midtown or Soho? Take the Soho, trust me.'

Een uur later liepen we 'mijn' appartement binnen. 229 Chrystie Street, app 12F. Twee slaapkamers, twee badkamers, leuke living en een keuken met alles erop en eraan.

'I took the liberty of bringing some groceries. Good luck!'

Ze gaf me de sleutel en vertrok. Ik woonde in New York. Bier en wijn in de koelkast, een wasmachine, droogmachine, banken, bedden, tafels, chips en diepvriespizza's. Weer een stereo; 'geintje van de jongens uit Holland' stond er op een briefje bij. Zelfs sigaretten.

Ik ging in het raamkozijn zitten, schroefde een bier open en stak een sigaret op. New York City. Nog vijf schooldagen, twee speeldagen en nog vijf schooldagen. Mocht ik gelukkig even naar huis.

8.

We lopen *crosstown* naar de 39th Street aan de oostkant en checken in bij het Eastgate Tower Hotel. Ook daar ben ik vaker geweest, altijd op de zestiende verdieping, appartement G. Het voelt weer als thuiskomen. Onderweg hebben we bij de Amish wat boodschappen gedaan.

Ik val op bed. Dom. Want wie op bed valt op een American Matress-matras, slaapt. Dikke veiligheid omarmt mijn vermoeide lijf en ik ben weg. Tot er met veel geweld op de deur wordt geklopt. Ik ken die klop. Van de televisie. De gedecideerde klop van rechercheurs die nog vóór het eerste reclameblok iemand gaan arresteren.

Roadie blaft twee keer kort. Het is me niet helemaal duidelijk of hij dat doet om mij te verraden of om de agenten te waarschuwen dat hij er ook is.

'NYPD. You have ten seconds to open this door!'

Je naam noemen, intimideren. Kijk eens hoeveel we al van je weten. Ook dat 'this door', dat je niet denkt dat ze willekeurig zomaar wat deuren open gaan trekken. Tien seconden heb ik. Ik heb alleen al tien seconden nodig om uit bed te komen, laat staan dat ik in die tijd ook nog de deur open kan doen. Hoeft ook niet, want de deur zwaait al open en Starsky en Hutch komen met getrokken wapen binnenvallen. Ik schrik me rot. Op televisie heb je niet echt het idee dat ze zullen gaan schieten. Maar als twee fitte kerels in blauwe jassen CSI *New York* komen spelen in je appartement is dat het enige waaraan je kunt denken. Ik zit, in mijn onderbroek, diep in het matras verzonken en registreer dat ik op mijn buik gedraaid word en handboeien om krijg. Of eigenlijk registreer ik dat ik van schrik bijna moet huilen en er een heel klein beetje urine mijn onderbroek in sijpelt.

Ik ben illegaal Amerika binnengekomen. Dat wist niemand en was ook helemaal geen punt geweest als ik me niet had ingeschreven in een hotel. Onder mijn eigen naam. Met mijn eigen creditcard. Mijn beugel blijft hangen aan het stiksel van het laken. Kom op, jongens, zie ik eruit als een schietgrage crimineel? Zo cool en beheerst zijn mijn gedachten overigens niet.

Roadie blijft opvallend stil, hij lijkt het gewend. Ik bekijk hem met één oog. Het andere is te diep in het matras gedrukt. Kaarsrecht zit-ie, en hij kijkt de kat uit de boom. Geduld. Niets doen tot hij weet wat-ie moet doen. Dat is wat hij doet. Ik besluit zijn voorbeeld te volgen.

Als iedereen via allerlei portofoons en andere communicatiemiddelen op de hoogte is gebracht van mijn arrestatie, zetten ze me in een stoel. Mijn eigen stoel. Ik krijg een glas water uit mijn eigen keuken en zie nu pas de twee mannen die mij in hun macht hebben. Ze hebben geen haast. Die hebben allang gezien wat voor vlees ze in de kuip hebben. Deze jongen gaat de verhaallijn van *Law & Order* niet halen, dat zien ze zo ook wel. Roadie is in een hoek gaan liggen en begluurt ons.

Hoe ben ik de Verenigde Staten binnengekomen?

Hoelang ben ik hier al?

Waarom ben ik hier?

In een rustig tempo vuren ze om de beurt vragen op mij af zonder echt geïnteresseerd te zijn in het antwoord. Buiten wachten de echte criminelen, dus ze houden even pauze, schrijven van alles op, rustig aan.

Ben ik een smokkelaar?

Wat smokkel ik?

Wat zit er in die bruine canvas zak?

Bruine zak? O, shit, die zak van Jim Croce. Ik heb geen idee wat daarin zit. Ik heb helemaal niet gekeken.

Ze hebben beet, je ziet het ze denken. Ze zien het mij ook denken: hier is iets niet pluis.

'Ik heb geen idee,' zeg ik.

Of zij even mogen kijken?

Tja, dilemma. Liever niet voordat ik zelf heb gekeken wat erin zit, maar dat lijkt me niet zo'n sterke tekst op dit moment.

Het blijkt sowieso een beleefdheidsvraag, want de grootste van de twee is al begonnen. Hij lijkt op die broer van *Everybody Loves Raymond*, die in de serie ook een agent speelt. De kleinere is ook al een filmster. Alle Amerikanen zijn filmsterren. Ik mag graag discussiëren over wat er eerder was, de misdaad of de misdaad in film, maar in de Verenigde Staten is dat bijna gelijk opgegaan. Beroemd is het verhaal dat de Italiaanse maffia in Brooklyn pas ging praten zoals in *The Godfather* nadat ze de film hadden gezien.

Raymonds broer staat met veel vertoon een pen in de knoop van de canvas tas te prikken. Bang voor drugsnaalden natuurlijk. Hij zal de eerste niet zijn die hiv krijgt van gehaast zoeken in een donkere tas. Maar dit gaat wel even duren zo.

De zittende rechercheur kijkt belangstellend naar hoe ik de handelingen volg.

'Hij weet echt niet wat erin zit,' zegt hij tegen zijn collega.

'Dus moet ik maar gaan graaien, bedoel je?' De pen stopt met poeren.

'Nee, laat hem die zak maar openmaken, bedoel ik. Het is zijn tas.'

Het is mijn tas, gekregen van Jim. Maar daar ga ik ook niet mee wegkomen.

Drie minuten later is dit het tafereel: terwijl de grote broer van Raymond Roadie aait, bladert zijn collega verveeld door mijn paspoort en zit ik met de inhoud van de canvas tas op schoot. Het is een TRX. Ik heb geen idee wat dat is, maar zij wel. Het is een militair fitnessapparaat. *Portable* militair fitnessapparaat. Twee handvatten en een sjorband met een haak eraan. Je kunt het ding overal aan vast klikken en dan ben je klaar om te trainen. De bijbehorende gebruiksaanwijzing zegt het zelf. Die lees ik. Wat moet ik anders dan afwachten? De twee rechercheurs kennen het apparaat. Ze doen het niet voor, maar rollen even met hun spierballen.

'Je reist wat af.' Agent Paspoortblader kijkt niet op of om terwijl hij het zegt. 'Curaçao, Zuid-Afrika, de Verenigde Staten... nou nou nou... Oké,' zegt hij uiteindelijk.

'Oké,' zegt ook die andere, en hij trekt zich met moeite overeind, uit de hurkpositie bij Roadie.

'Oké,' zeg ik ook maar.

Daar moeten ze om lachen.

Ze lijken aanstalten te maken om te vertrekken. Mijn handboeien gaan af. Ik voel aan mijn polsen, zoals in de film.

'That's it?' vraag ik.

Nou, ik moet me vanmiddag nog melden op het bureau van wijk tien en me officieel aanmelden als bezoeker van de Verenigde Staten, maar dan is het klaar. Ze hadden me in de haven moeten controleren en dat is niet gebeurd. *America's bad*, dus dat kan mij niet kwalijk worden genomen. Er zijn wel wat kosten aan verbonden. Kennelijk moet ik betalen voor het extra werk. Maar meer dan driehonderd dollar kan dat nooit zijn. Ik begrijp toch wel dat ik hier zeer genadig mee wegkom, of niet soms?

Ik laat ze uit. In mijn onderbroek. Roadie trippelt gezellig even mee, hopend op nog een laatste aai.

'One last thing...' Agent Paspoortblader draait zich om. Doet een Columbootje.

'Ja?'

'Why does a grown man have braces? Don't you think you're finished by now?'

Ze lachen samen, zwaaien zelfs nog even voordat de liftdeuren sluiten. Ik niet. Ik denk erover na. Ben ik niet finished? Nee, niet bepaald. Ik heb eigenlijk het accepteren van wie ik ben voor me uit geschoven. En toen ik daar eindelijk over na ging denken wilde ik weleens rechte tanden. Kun je je op stuk bijten als psychiater, maar het daagt mij ineens: iemand is niet helemaal tevreden over zichzelf als hij op mijn leeftijd nog aan zichzelf begint te verspijkeren. Een rondje door het park op nieuwjaarsdag omdat je nu toch echt aan je gezondheid gaat werken, is te begrijpen. Maar anderhalf jaar ijzer in je mond om een paar tanden die iedereen allang heeft geaccepteerd recht te laten zetten... Dat is op zijn minst eigenaardig. Waarom heb ik eigenlijk een beugel? Dat leg ik later nog wel uit.

Ik kleed me aan en ga naar het bureau. Drie kwartier later sta ik tegenover een zeer vriendelijke, maar zakelijke agente. Ik kijk toe hoe ze mijn creditcards doorknipt, een voor een. Zij, op haar beurt, kijkt hoe ik mijn handtekening zet onder een IOU aan de Amerikaanse overheid. Ex heeft de creditcards laten blokkeren, alle drie. Amex Gold, Visa en ABN Amro. Niets wat ik nu kan doen. Ja, pinnen met mijn ING-pas. Hopelijk.

9.

‘Dit is het antwoordapparaat van Ex (“en Midaaaaaas!”). Ik ben er momenteel niet, maar spreek je naam en telefoonnummer in en mijn mensen bellen jouw mensen. Doei! (“Doewieeee!”)’

‘Ex, ik heb een probleem en dat komt door jou,’ zeg ik. ‘En dan heb ik het niet over de afgelopen twintig jaar, maar een specifiek probleempje nu. Wil je alsjeblieft even opnemen?’

‘...’

‘Kom op, Ex, één vraag. Voor al het geld dat ik betaal!’

‘...’

‘Stond Midas toevallig op zijn skateboard toen hij doewieeee zei? Of is hij eindelijk wijzer geworden en is hij weg geskatet, in zijn korte legerbroek...’

Ze neemt op. Ik wist het.

‘Jij hebt geen grapjes te maken over Midas! En als hij ervandoor zou zijn, zou dat alleen maar zijn omdat hij zich niet langer door jou laat pesten. Jezus, man, jij bent het schoolplein nooit ontgroeid, hè!’

Nee. Maar daar bel ik niet voor.

‘Waarom neem je niet gewoon op?’

‘Waarom bel jij niet gewoon op mijn mobiel?’

‘Omdat je nooit weet waar je mobiel is en dus niet opneemt.’

‘Deze telefoon is zo oud dat ik niet eens wist dat we die nog hadden.’

Ze zegt nog steeds ‘we’. Daarmee bedoelt ze haar en mij. Ons.

En ze zegt 'dat we die nog hadden', maar ze heeft ergens tussen de scheiding en nu wel de tijd gevonden om samen met Midas het antwoordapparaat in te spreken. Midas. Zelden een slechter passende naam gehoord. Die gozer kan helemaal niks, laat staan iets in goud veranderen. Zelfs mijn huis verandert hij in een 'kijk mij eens Ik, Jan Cremer zijn'-atelier. Ga dan echt in Chelsea hier verderop wonen, zak, en neuk Jayne Mansfield. Nee, meneer de kunstenaar blijft liever met zijn talentloze handjes in mijn vrouw en huis graaien. Ex-vrouw en ex-huis.

'Laat me raden, je staat in een winkel en je creditcards zijn doorgeknipt?'

Ik kijk om me heen. Een politiebureau, maar verder heeft ze gelijk. 'Eh... ja.'

'Ja, sorry, foutje. Ik heb gedaan wat jij vroeg en alles opgezegd, maar toen heb ik per ongeluk álles opgezegd.'

'Wat?'

'Nou... anders gezegd... ik had het druk met een nieuw project in Maasveld, echt helemaal te gek, en iedereen is superenthousiast, dus had ik Midas gevraagd... En het duurt vijf werkdagen om nieuwe kaarten op te sturen, maar het is nu donderdag, dus daar gaat het weekend dan overheen, zeiden ze. En jij moet hier zijn om ze te tekenen, want alles staat nog op dit adres. Midas kan wel door de telefoon jou nadoen maar als ze hem zien... enfin...'

'Ik zit in New York.' Ik mompel het meer dan ik het zeg. Er valt een lange stilte. Zo lang dat ik me realiseer dat ik deze reis misschien helemaal niet kan betalen.

'O. Dan ben je dus niet hier om te tekenen...' Om haar hersens was ik haar niet getrouwd, nee.

'Hm... Vervelend...' Ze laat weer een pauze vallen.

Net als ik me schrap zet om enorm te gaan vloeken, hoor ik: 'Is dat papa?'

'Papa?'

'Hé, lieve man! Hoe is het?'

'Ja goed! Midas en ik zijn wezen skaten in Zuiderwoude. Ligt allemaal te gek vet nieuw asfalt. Midas is echt een koning op het board, man, en hij heeft me net allemaal dingetjes geleerd! En morgen gaan we weer! Toch, Midas?'

'Dat is fijn, jongen. Je boft maar.'

Ik luister nog wat, ik mompel, ik slik tranen weg terwijl de agente die net mijn kaarten kapot knipte, gebaart dat het wat haar betreft wel genoeg is geweest. Ik knik.

'Ik moet hangen, jongen, maar ik zie je snel, oké? Het gaat heel goed met me. Doei!'

Geen idee waarom ik dat zei. 'Het gaat heel goed met me.' Als mijn ING-pas ook is geblokkeerd, kan ik niet bij mijn geld. Mijn zoon zei niets over missen. Nou ja, hij zal zich wel groothouden. Net als ik. Het gaat heel goed met mij. Waar haal ik het vandaan?

Tien minuten later zie ik hoe zowel de zakelijke als de privépas door een machine worden opgevreten.

'Jezus christus!'

'Amen,' zegt een voorbijlopende vrouw. En ze is Amerikaans dus ze meent het ook nog.

Ik laat haar gaan. Ik heb grotere problemen.

Opeens schiet die man van de ABN Amro me te binnen. Mijn private banker. Of ik ben zijn private banker, dat weet ik niet. Zoveel geld heb ik ook helemaal niet. Voor een beetje private banker moet je één miljoen hebben, cash op je rekening. Heeft ene meneer Gans mij ooit haarfijn uitgelegd. En dat heb ik niet, nee. Toch heb ik een private banker.

Een jaar geleden zat ik gewoon in een kleedkamer naar video's op YouTube te kijken. The Who. Ineens was iedereen weer fan van The Who. Mijn telefoon ging.

'Dag, u spreekt met Gans, ABN Amro. Allereerst wil ik u mijn oprechte excuses aanbieden voor wat er gebeurd is.'

'Dat zou ik wel zeggen, ja!' Ik had geen idee wat er gebeurd was, maar besloot onmiddellijk dat niet aan hem duidelijk te maken.

'We zijn hier allemaal erg geschrokken,' deed ik er nog een schepje bovenop.

Nou, dat kon meneer Gans zich heel goed voorstellen en ter mijner geruststelling klopten alle bedragen die op de privérekening vermeld stonden van geen kant. Ze hadden al mijn geld op een private banking account gezet. Meneer Gans zou hoogstpersoonlijk de verantwoording dragen voor de geheimhouding daarvan en Interpol zou op alle afdelingen een verregaand onderzoek doen. Ik verwerkte de informatie razendsnel.

'En Bobs geld dan? En dat van ons samen?'

Nou, als Bob in de buurt was, wilde meneer Gans hem graag eenzelfde aanbod doen. Ik had de telefoon even op mijn borst gedrukt om snel Bob op de hoogte te brengen.

'Jij kunt hier eenzelfde deal uit slepen,' siste ik. 'Private banking! Moet je normaal gesproken een miljoen voor hebben.'

Bob glimlachte naar me. Bob is veel slimmer dan ik.

'Meneer Gans, goedemiddag. Ik verwachtte uw telefoontje al. Schande, maar enfin... Ik stel voor dat u even naar het theater hier in Rotterdam komt. Halfelf zijn we klaar. Nee, weet u wat, kwart over elf in het restaurant van Hotel New York. U kunt vast wel zorgen dat dat openblijft tot wij tot overeenstemming zijn gekomen over de compensatie voor de geleden schade, imago en anderszins. Ja? Fijn, tot dan.'

Kwart over elf bestelde Bob de grootste koude visschotel die op de kaart stond en een meursault van 175 euro en toen de schaal leeg was, waren de zaken gedaan. Al ons zakelijke geld kreeg privégeldrente, wat veel meer is kennelijk. De en/of-rekeningen van de maatschap, de stichting en de bedrijven, zelfs de hypotheken werden herzien in ons voordeel. En de hele band, die op een afstand ook dure wijn had zitten drinken, mocht net als wij in de directiekamers verblijven. Dat waren gewoon hotelkamers in Hotel New York, maar duur en voor ons dus gratis. Drie weken lang. Zolang we speelden in het nieuwe Luxor. Om de hoek.

Toen ze weg waren zat ik verbijsterd en dronken voor me uit te staren.

'We hadden ze aan kunnen klagen. Slechte naam, schadevergoeding. Et cetera, et cetera. En dat weten ze. Schending van weet ik wat allemaal. Nu denken ze daarvan af te zijn. Maar de rente staat vast, hier op dit viltje. En binnen twee jaar is dat meer dan de schadevergoeding die we eventueel over jaren pas hadden gevangen.' Dat was mijn Bob! Volkomen tevreden hing hij achterover. Brede glimlach.

Intussen sta ik voor een ATM midden in Manhattan, met een hond aan mijn voeten, en ik realiseer me nog één ding: door dat doortastende handelen van Bob besloot ik dat hij voortaan alle zaken maar moest regelen. Ik heb er nooit meer naar omgekeken. Om geld van onze rekeningen te krijgen moest ik Bob bellen. Maar Bob zit nu in retraite op een eiland in de Stille Zuidzee. Zonder telefoon. Want anders kom je niet tot rust, natuurlijk.

'Het gaat heel goed met me, jongen.' Ik hoor het me zeggen.

In de tijd dat mijn zoon en ik net op onszelf woonden, zoals ik dat graag noem, hadden we niets. Behalve dat dappere feit. Dat we 'het huis uit waren gegaan'. Hij had geen keus uiteraard, hij was vier. Maar we waren met niets vertrokken, met goede redenen.

Als mensen me op mijn achilleshiel trappen, krijg je precies de voorspelbare reactie. Negeer me en ik word boos. Word maar liever boos, dan hebben we wat te doen. Maar negeren is zo denigrerend, het is ongetwijfeld de hoofdreden dat ik het podium ben op gestapt. Kijk naar mij! Ik besta! Dit is trouwens geen unieke bekentenis. Elke artiest heeft een minderwaardigheidscomplex dat hij in grote verlegenheid weet te verbergen, of in elk liedje verwerkt dat hij schrijft om uiteindelijk op zijn zevenentwintigste zelfmoord te plegen. Het is bepaald niet nieuw. Uiteraard heb je er een paar die het gewoon leuk vinden om op een podium te staan. Dat zijn de mafkezen. Maar goed, mijn ex had mij genegeerd en niet eens de moeite genomen mij te vertellen dat het over was. Dus ging ik weg. Zonder een woord en met mijn zoon onder mijn arm.

Voor borden en bestek waren we naar Ikea gegaan. We hadden niet echt niks. Toen we wakker werden in het nieuwe lege huis waren Bob en ik naar designwinkel Anno op de Westerstraat gegaan. Die was, halftien in de ochtend, nog niet open en we hadden een halfuur door de ramen staan turen. Toen Anno opendeed en voor ons koffie wilde zetten, vroeg Bob hem een kladblok. Die bank, die lamp, die tafel. En die bank ook, handig voor als hij een keer wilde blijven slapen als-ie teut was. Kastjes. Had Anno kastjes? Ja hoor. Prachtige designkastjes, daar achterin. Prima. Prijsjes optellen, belachelijke bulkkorting er weer aftrekken en vanmiddag om één uur brengen, zou dat lukken? Anno, die op een doodnormale maandagochtend zijn jaaromzet zag verdubbelen, knikte. Bob zocht de bedrijfscreditcard en betaalde.

Buiten vroeg ik waar deze plotseling opkomende mannelijkheid vandaan was gekomen.

'Geen idee! Het leek me altijd al stoer om een winkel binnen te lopen en te zeggen: “Dat, dat en dat. En meteen brengen ook, ja!”’ En hij lachte vrolijk.

‘Als Anno nu maar niet denkt dat ik een ongelooflijke proleet ben.’

Bob bleef van schrik midden op de stoep staan. Ik botste tegen hem op.

‘O, dat denkt-ie vast. En: wat heb ik een hoop geld verdiend!’

‘Was het duur, alles bij elkaar?’

Bob gaf geen antwoord.

‘Heb je niet gekeken?’

Hij schudde zijn hoofd.

‘Hm... nou ja... als ik volgende week weer terug naar huis ga, gebruiken we het als decor voor de nieuwe show. Dat scheelt de helft.’

‘Waarom denk jij toch altijd dat als we zakelijk iets uitgeven, we dan de helft van het bedrag terugkrijgen? Van wie?’ Hij keek me doordringend aan.

‘Van wie? Weet ik veel van wie? Dat is toch zo? Met belasting?’

Hij was boos. Maar niet op mij. Op zichzelf. Hij had zich laten meeslepen, niets voor hem. En met de bedrijfscreditcard nog wel. Dat bedrag zou ik vast moeten terugbetalen. Kon ik het in de boeken zetten als ‘inrichting kantoor’. Kreeg ik de helft terug. Dacht ik. Maar ik zei niets.

In ieder geval hadden we een huis half gevuld met designmeubelen. Toen we alles op zijn plek hadden gezet, rond een uur of vier, was het alsof we verstrikt zaten tussen de bladzijdes van *vtwonen*. Wat er nog ontbrak was een grote glazen vaas met witgeschilderde takken. En bestek, borden, pannen, eigenlijk alle keukenspullen. En kinderspullen. Mijn zoon kon misschien twee nachten op de ‘Barcelona’ of één nacht op de ‘Le Corbusier’ zonder ervanaf te lazeren, maar een kind wil uiteindelijk gewoon een stapelbed. En ikzelf had ook nog geen bed.

Vader en zoon naar Ikea. Wat een drama en wat probeerden we wanhopig de lol ervan in te zien. Ik tenminste. Ik weet niet of hij doorhad hoe treurig we eruitzagen. Zes wagens vol. Nuttige spullen, maar ook een wipplank, gifgroen en levensgevaarlijk, kinderkrukjes, tekentafels, tekenborden, kilo's krijt, lampen met dolfijnen, lampen met draaiende kabouters, een hoogslaper met een sterrenhemel erboven en een glijbaan om snel uit bed te kunnen roetsjen. Kast voor boeken die we nog moesten kopen. Gordijnen met auto's erop. Dekbed met auto's erop. Zes wagens vol overcompensatie. En voor mij een bed.

'S Avonds, toen we onze tanden stonden te poetsen, zei hij dat hij liever bij mij in bed wilde slapen.

'Waarom?'

'Gewoon...'

We waren allebei doodop, ik had de vellen nog aan mijn handen hangen van de inbussleuteltjes van die schijt-Zweden, en ik ontplofte.

'Waarom? Ik heb net een schitterend bed voor je in elkaar gezet! Hetzelfde als bij mama! Alles is hetzelfde als bij mama. Daar slaap je toch ook gewoon in je eigen bed. Ik wil slapen en niet in mijn kloten geschopt worden door Kabouter Kandelaar, ja!' Ik schrok me rot van mezelf en ging op het stoepje voor het bad zitten. Van schaamte keek ik weg van mijn zoon. Naar de handdoekenkachel. Wie heeft er nou een handdoekenkachel? probeerde ik mijn gedachten van mijn absolute dieptepunt af te leiden. Toen voelde ik zijn kleine handje op de mijne en ik keek op.

'Ik moet toch ook een beetje wennen?'

Het zou twee dagen duren voor we mijn nederlaag echt vergeten waren. Ik deed mijn uiterste best de geweldigste papa te zijn die er maar is en hij deed er alles aan mij te doen geloven dat hij erin trapte.

Twee nachtjes slapen in mijn/ons bed later fietsten we het hele eind naar school. Hij voorop. Nooit zouden we meer samen naar school wandelen. Door de sneeuw. Over straten die verklapten hoe warm het ging worden. Door plassen stampend. Het zou vanaf nu op de fiets moeten.

We kwamen op de Dam. Het miezerde. We wachtten voor het stoplicht, rechts van ons het verzetsmonument en de Bijenkorf, links een bus. De bus liet ineens een stroom Japanners vrij. Ze liepen voor onze fiets langs, in de miezerregen, maar met camera's in de aanslag. Een niet-aflatende rij Japanners in de regen. Toen hoorde ik opeens zijn zuivere stemmetje. Mijn zoon zong: 'Het regent, het regent, Japannertjes worden nat...'

Hij keek tevreden naar mij, een elleboog nonchalant op het stuur alsof het een bar was.

Ik gaf hem een zoen. En nog een. En nog een. We waren weer vrienden. Een Japanner nam een foto van ons. We stonden er lachend op.

10.

Ik bevind me in een voor mij volstrekt unieke situatie. Ik heb geen geld én ik loop door New York. De enige reden dat iemand als ik hier kan wandelen is juist omdat hij geld heeft. Ik héb het wel, ik kan er alleen even niet bij. Het is drie uur in de middag en wie ik ook zal bellen, gênant blijft het. Ik heb meneer Gans gebeld. Maar Bob zet de handtekeningen en hoe graag meneer Gans het ook zou willen, eerst moet Bob contact met hem opnemen. Dat kan dus niet. Mijn ouders val ik niet lastig. Ik ben zevenenveertig, kom op. Dat kan echt niet. Mijn broers en zussen kan ik niet om geld vragen. Sterker nog, die krijgen stuk voor stuk nog geld van mij. Ik wilde dat wel terugbetalen, maar kwam daar nooit aan toe. Oké, het ligt iets genuanceerder. Toen de eerste royale royalty's binnenkwamen en ik op het punt stond ze allemaal terug te betalen, ik zweer het, ging het mis. Hun verhaal zal ongetwijfeld anders zijn en als je het wilt horen, moet je maar eens op een hunner verjaardag naar Oost-Friesland afreizen, want daar wonen ze allemaal nog. Kun je je ogen uitkijken bij een moordend ritueel dat nooit zal veranderen. Alle vrouwen drentelen niet aflatend kakelend tussen keuken en terrastafel heen en weer, terwijl de mannen met de buik vooruit en hun lauwe pijp pils achter in de tuin bij de slootkant staan. Probeer niet de conversatie van de dames te volgen, ze zeggen niets. Ze praten alleen maar. Nee, dan de mannen. Met enorme tussenpauzes, wijzend met de hals van hun flesje, boeren ze weetjes die de ander allang weet. Daar woonde die en die. Daar ging een geit te water die Henk het leven kostte toen hij hem probeerde te redden. Die schuur stond er eerst niet, (lange pauze) en nu wel (lange pauze weer), nu wel ja, (langste pauze), ja.

Ik neem aan dat ze dat nog steeds doen. Ik zou het niet weten. Ben er in geen vijftien jaar meer geweest. Omdat ze nog geld van me krijgen, ja. Ik had de doodzonde begaan een van mijn broers mijn oude auto te willen verkopen. Oude auto als in schitterend onderhouden Peugeot 504 in een donkere kleur groen die je nooit meer zult zien. Mijn broer had slechts op internet naar het bouwjaar gekeken en een bedrag genoemd dat mij van schrik mijn lauwe pils uit de handen liet vallen. Terwijl ik mijn pijpje door het dak van kroos in het zwart van de sloot zag verdwijnen, niet eens zo gek ver van de plek waar ook ene Henk ten onder was gegaan, lachte ik hard. Te hard kennelijk. Maar, erger nog, ik liet geen lange pauze vallen voordat ik vroeg of hij gek was geworden. Na een heel lange pauze, mijn broers en zwagers zijn er echt veel beter in dan ik, werd ik achtereenvolgens uitgemaakt voor geldwolf, achterbaks, uitzuiger en afkomstvergeter. Ik weet het, het is geen bestaand woord, maar tjonge wat waren zij er tevreden mee. Als ik was blijven staan had ik ongetwijfeld twee nieuwe benamingen meer mogen ontvangen, maar ik besloot niet nog eens drie uur te blijven weilandstaren. Ik kon twee dingen doen: of mijn eloquent verwoorde woede op hen afvuren of weglopen en nooit meer terugkeren. Ik koos voor het laatste. En besloot en passant mijn schuld aan ieder van hen nooit af te betalen. En ik hield woord. Karma is een bitch. Die kon ik dus ook niet meer bellen.

Een manager? Ik heb er drie, tenslotte, één voor het theater, één voor de muziek en één voor de film. En allemaal niet bepaald verliefd op mij. Een junkie laat zich nou eenmaal niet makkelijk vertegenwoordigen.

Schitterend weer om arm te zijn, trouwens. Het is 25 graden, het soort droogte dat deze stad zo lekker maakt in de vroege zomer. Straks in de *dog days*, eind augustus, kun je om de drie stappen een nieuw T-shirt aantrekken, maar nu is het heerlijk. Geen slechte dag om met je hond te gaan wandelen. Aangelijnd, dat wel. Nadat ik al minstens dertig keer de woedende blikken van de o zo linkse, vrijgevochten New Yorkers met verbaasde blik beantwoord heb, sist een oud wijfje me toe: 'Lijn je hond aan!' Regels zijn regels. Zeker in een stad waar je twaalfhonderd dollar boete kunt krijgen als je door rood loopt. Dat heeft Guiliani ooit bedacht om *jaywalking* tegen te gaan. Het hielp wel, want iedereen staat nu keurig te wachten totdat ze mogen oversteken.

Freeman Alley. Daar ga ik heen. Klein steegje vlak bij mijn vorige appartement. Daar zit een restaurant waar ik vroeger minstens drie keer per week at. In mijn eentje, aan mijn eigen tafeltje, rechts van de deur. 'Mijn tafeltje' klinkt stoer en het was ook wel mijn tafeltje, maar vooral omdat het de slechtste plek van het restaurant was. Elke keer als de deur openging moest je alles, inclusief het mandje met stokbrood, vastpakken, anders waaide het de tent door. Ik kan eigenaar Gerald uiteraard niet om geld vragen, maar een baantje...?

Ik steek Houston over en loop Chrystie Street in. Langs mijn oude appartement. Er zit een Whole Foods Market nu, op de begane grond. En groot ook. Ik ben gek op de Whole Foods Market, maar ik heb geen geld. Ik loop door. Tweede rechts en meteen weer rechts. Steeg in. Roadie trippelt geduldig mee. Moet jij nooit kakken, hond? Honden kakken toch altijd zoveel? Een van de hoofdredenen om een hekel aan jullie soort te hebben, is dat gekak. Je doet het stiekem zeker. Blij toe. Geen zin om met een binnenstebuiten gekeerd boterhamzakje die warme stront op te rapen. Ze hebben hier vast enorme boetes voor dit soort vergrijpen.

Ik gebaar Roadie dat hij in de steeg voor de deur op me moet blijven wachten. Hij begrijpt het.

Ik stap het restaurant binnen, en glimlach om de dame aan ‘mijn tafeltje’. Kennelijk is het niet haar tafeltje, want door de door mij veroorzaakte tocht ligt de grote *American novel* waaraan ze werkt nu in de jus van haar chateaubriand. En in die van de man aan de grote tafel naast haar. Ze verontschuldigt zich, hij lacht en als die twee niet volgend jaar hier hun huwelijksdiner geven, weet ik het niet meer.

Een blond fotomodelmager meisje van amper achttien hipt voor mijn neus op en neer: ‘Hi! Tafel voor één persoon? Mijn naam is Stephanie, ik zal je deze avond bedienen. Als er iets is, geef maar een seintje. Volgt u mij?’ En weg hipt ze, de krochten van het restaurant in. En ik hip achter haar aan. Niet dat ik wil eten, ik heb geen geld, maar ik moet met haar praten.

‘Stephanie...’

‘Ja? Wat denkt u van deze tafel, meneer?’ Ze wijst met haar rechterhand naar een tafeltje alsof ik het zojuist gewonnen heb.

‘Schitterend,’ zeg ik. In het Nederlands. ‘Schitterende tafel.’

Ik ben ineens heel moe en zak op mijn stoel. Die kraakt vervaarlijk, logisch, ik weeg 125 kilo. Ik moet er toch wel een paar verloren zijn met al mijn gekots op de boot? Ik sluit mijn ogen even. Rust. Gewoon een moment mijn hoofd op dit schitterende tafeltje. Mag best.

Stephanie denkt daar heel anders over en raakt onmiddellijk in paniek. Ze gilt om iemand die CPR kent. Ik ken geen CPR. Ik ken Gerald, die moet ik spreken.

Ik word ruw uit mijn stoel getrokken en een brede man met een kaak als een strijkijzer legt mij met veel gesteun op de met zand bestrooide vloer van het restaurant. Zijn biceps bollen in zijn shirt. Die moet ik ook hebben, biceps. En dan zo’n te klein

T-shirt. Zodat ze nog groter lijken. Moet ik met dat ding van Jim Croce gaan trainen.

De captain van het footballteam van een highschool ergens in de Midwest alias Chuck begint enthousiast op mijn borst te drukken. Stephanie staat achter hem te hippen. Ik moet hoesten. Ik probeer te gebaren dat ik geen lucht kan krijgen, maar maai per ongeluk tegen Chucks strijkijzer aan. Vol op de kaak. Sorry... Chuck valt even naar achteren en ik maak snel van de gelegenheid gebruik om me op mijn zij te draaien en te kotsen. Niet veel, maar genoeg om Chuck van me af te houden.

'He's alive,' zegt hij met een verrassend hoog stemmetje. Hij is er opgewonden van. Of de anabolen hebben zijn ballen verschrompeld. Stephanie omhelst hem dankbaar. Gelukkig. Niemand dood vandaag. Niet tijdens haar dienst. Chuck zelf is ook zeer tevreden over de gang van zaken. Met onverholen trots kijkt hij naar mij, het leven dat hij gered heeft. Bij mijn beste weten was ik alleen maar heel moe, maar zij weten zeker dat ze de aanval op mijn hart succesvol hebben afgeslagen. High fives alom. Iemand brengt een glas water. Chuck legt nog even een hand op mijn schouder, wil nog niet weg. Als hij straks weer gaat zitten, is zijn heldenrol voorbij. Hij laat los, eindelijk. Ik kijk gepast dankbaar. Dag Chuck, thanks man.

'Gaat het, meneer? Waar komt u vandaan?'

'Holland, Stephanie. Ik kom uit Holland.'

'Holland? Holland!' O, she loves Sweden!

'Yes, the Netherlands, you know. Clogs, tulips, Kroiff.' Het zegt haar niks. Logisch, het kind is achttien. Zoek het iets meer bij het nu. Maar waar zijn Nederlanders nu beroemd mee in Amerika? Dj's, bedenk ik. Stephanie is erbij gaan zitten. Hoe heten die Nederlandse dj's? Ik weet het niet. Ik zie ze zo voor me, hoe ze met hun magere koppies uit hun privéjet stappen. Vlashaar, dunne armpjes en steenrijk, omdat ze andermans muziek van een dreun hebben voorzien. Ik weet het wel, maar ik ken hun namen niet. Korsten? Korstens? De Buurtjes?

'Junkie XL!' Ik gil het bijna, zo blij ben ik dat ik een dj bij naam ken. 'Tom Holkenborg.' Zijn echte naam. Zelfs dat weet ik. Ik moet echt lager gaan praten nu, straks vraagt Chuck of ik niet samen wil 'trainen'.

'Junkie XL!' gilt nu ook Stephanie. Ze kent hem. Ze zingt: 'A little less conversation and a little more action!'

'All this aggravation ain't satisfactioning me,' zing ik terug als Elvis. Zingen kan ik gelukkig.

Stephanie is weer: 'A little more bite and a little less bark...'

Ze kijkt me vragend aan. Mijn beurt weer.

'A little less fight and a little more spark.'

En nu samen naar het einde: 'Close your mouth and open up your heart and baby satisfy me.'

'Satisfy me,' Stephanie doet het achtergrondkoortje in haar eentje.

'Satisfy me baby,' brom ik.

Stephanie gooit er nog één keer het achtergrondkoortje tegenaan en lacht dan haar schitterende tanden bloot. Ik mijn beugel.

'Well, welcome, Tom. An honour to have you here. Let me get you a beer.' En weg is ze.

Ik kijk haar na. Al die energie in zo'n mooi meisje. Ze denkt nu dat ik Tom Holkenborg ben, maar wat maakt het uit? Wat een mooi meisje.

11.

Ze denken dat ik echt Tom Holkenborg ben.

Stephanie hipte naar de keuken aan het andere einde van de bar. Meteen daarna klapte de deur weer open en verscheen een woedende Gerald. En zij weer achter hem aan. Nu gaan we het krijgen, want hij kent mij. Ik heb hier zoals gezegd een jaar lang drie keer per week gegeten. Hij stormt op mijn tafeltje af. Ik wil opstaan en gedag zeggen. Trots. Als een oude klant die ten overstaan van iedereen de speciale begroeting krijgt. Als een bedankje voor de klandizie. Zo gaat dat overal ter wereld.

'Please, blijf zitten, zeg! Wat geweldig dat je ons met je aanwezigheid vereert!' Gerald overdrijft de vasteklantengroet een beetje, maar hij is een Amerikaan en die zijn nooit 'een beetje blij je te zien', maar extatisch. Nep misschien, maar je voelt je wel meteen welkom. Dat gezeik van Nederlanders altijd als ze in een winkel begroet worden met 'How are you?' Dat het die mensen helemaal niet interesseert hoe het met je is. Nee, dat betekent gewoon goedemiddag. Maar het *beats the shit out of* de begroeting die je in Nederland krijgt als je een kledingzaak binnenstapt. Daar kijkt, als je mazzel hebt, de dienstdoende Priscilla even op van het gesprek met haar vriendinnen omdat ze toch net haar stiekeme sigaret onder de toonbank moest aftippen. En kauwgum kauwend krijg je een hoofdknikje, de wat-moet-je?-knik. Ik geef de voorkeur aan de Amerikaanse begroeting, maar Gerald overdrijft het wel een beetje.

'Hoe gaat met je, man?' Ik krijg een ram op mijn schouder.

'Ik volgde je carrière naar de top, man. Trots! Groot fan!'

Ja ja, zo kan hij wel weer. Gerald gebaart iets naar Stephanie, die nog steeds niet weet wat ze fout heeft gedaan en dus van schrik is opgehouden met hippen. Ze loopt vrij normaal weg en komt terug met een fles en twee glaasjes. Gerald gebaart mij weer te gaan zitten, schenkt met de ene hand in en wimpelt met de andere Stephanie weg. Ik neem het vrij agressief naar voren geschoven glaasje op en proost met Gerald.

'Wodka, Grey Goose! Je favoriet! Ik weet het. Nasdrovje.'

Ja, proost. Bij mijn beste weten dronk ik alleen maar witte wijn hier, een Montelena, uit Californië, maar goed.

'Tom Holkenborg,' zegt Gerald. In zijn zaak. Tjongejongejonge. Oftewel: boy o boy o boy.

Yep. Tom Holkenborg. Nu kan ik hier niet meer solliciteren natuurlijk. Junkie XL gaat geen borden wassen in Freeman Alley. Ik staar even zogenaamd genietend langs Gerald naar buiten. Deze steeg, die je moet kennen anders loop je er zo langs. Die hond niet, die heeft hem maar mooi weten te vinden. Roadie! Die zit daar nog steeds! Hoe lang duurde mijn nephartaanval eigenlijk? Arm beest.

Gerald volgt mijn blik. 'Jouw hond?'

Ja, Gerald. Dat is nou mijn hond. Junkie XL kan heel goed een hond hebben, hoor. En ik zou mijn hond eigenlijk best graag hier onder de tafel willen hebben. Met een bak water.

'Stephanie! Die hond. Haal binnen, naar hier! En een bak water en een bot...' Hij kijkt nu naar mij. Mag de hond van Junkie XL een bot uit de keuken?

Dat zou heel vriendelijk zijn, gebaar ik. Even wennen aan mijn nieuwe rol.

Hoe heet de hond? Goeie vraag. Hoe heet een hond van Junkie XL? Maar Roadie lijkt me een volkomen plausibele naam voor een hond van iemand die veel onderweg is.

Uiteraard wil Gerald met mij dineren, mag Roadie onder tafel liggen kauwen aan het bot en hebben ze Chateau Montelena. Wat een toeval! Montelena! Drinken wij dat allemaal in Nederland of zo? Vroeger kwam hier ook weleens een Hollander en die zóóp Montelena. Arrogant ventje was het, sorry dat hij het zeggen moet. Niet alle Nederlanders zullen zo zijn, neemt Gerald blind aan.

'Vond je hem niet aardig?' informeert Tom voorzichtig.

'Nou ja, niet aardig. Hij was erg alleen. Dat was een beetje *spooky*. En hij schreef de hele tijd in een schriftje en gebaarde dan alleen maar "nog een fles Montelena. En nog een". Geld zat, dat wel. En redelijk genereus met de fooi. Maar die kwam niet voor het eten of de gezelligheid, dat was duidelijk. En dat er nooit iemand aan zijn tafeltje zou komen zitten, was ook vrij duidelijk.'

'Maar dan was hij toch alleen maar gewoon op zichzelf?'

Ja ja, natuurlijk. En Tom moest zich niet beledigd voelen. Het zal ook best een aardige man geweest zijn. Hij had een foto van een jongetje op zijn telefoon staan, herinnert hij zich ineens. Daar aaide hij altijd overheen. Maar goed, toen hij met zijn dronken hoofd een van de serveersters had proberen te versieren, hebben ze hem eruit gegooid en gevraagd niet meer terug te komen.

'Ach.' Dat was ik vergeten! Ik was het toen ook vergeten. Ik was de volgende avond gewoon teruggegaan. Met nog steeds knallende koppijn, maar geen idee waarvan. En bij binnenkomst, met mijn billen al zwevend boven de zitting van de stoel bij mijn vaste tafeltje, werd mij zeer duidelijk gemaakt dat ik nooit meer een slokje Montelena zou drinken daar. En als ik niet meer wist waarom, dan was dat alleen al genoeg reden om dit verbod in te stellen.

Al die tijd had Betty, de prachtige zwarte serveerster, mij vanachter de bar woedend aangekeken. En toen herinnerde ik het me weer. Ik zal het niet vertellen, maar je kunt je er zelf wel een voorstelling van maken als ik je vertel dat ik zei: 'Ik ben eigenlijk de grootste popster van mijn land' en, helemaal erg: 'Dat is niet het enige wat groot is aan mij...' Dronkenmanspraat en grootspraak. Belachelijk en gênant. In Amerika hebben ze er zo hun eigen bewoordingen voor gevonden: *sexual harassment*.

Gerald springt ineens op. Zijn bord stuitert bijna van tafel. Enthousiast. Ik heb nog geen idee waarover, maar het staat vast in schril contrast met wat ik zojuist overdacht.

Gerald slaat op de tafel en zegt: 'The hell with it, ik ga het gewoon zeggen: zou het niet een geweldig idee zijn als jij hier morgenavond zou draaien?'

Ja, hm hm, zeker. Wat? Maar Gerald weet het zeker. Junkie XL in zijn tent.

'Maar dit is een restaurant,' roep ik verbaasd.

'Dit is een concept,' wijst hij mij terecht.

'Een restaurantconcept dan toch.'

'Ik kan je alleen niet meer dan tienduizend dollar betalen.'

Tien ruggen. Dan ben ik weer even onder de pannen. Ik denk snel.

'Ik heb geen set.' Ik neem aan dat dj's eigen draaitafels hebben. En dat ze die dan sets noemen. En anders noemen we dat in Holland zo. Ik heb er in ieder geval geen.

'Geen probleem. We hebben een eigen Pioneertafel met twee spinners...' en nog wat woorden die ik helemaal niet ken. Zou helemaal goedkomen. Nog een glas Montelena? Gerald schenkt in en begint een verhaal over een vriend die ook haarimplantaties heeft. Maar dat hij het nog nooit zo mooi gezien heeft als bij mij. En die beugel leidt de aandacht daar volgens hem dan weer meesterlijk van af, wat ben ik toch een slimme rakker. Ik hoor hem wel, maar ik heb andere dingen aan mijn hoofd. Ik neem een slok en probeer de weg te zien die voor me ligt. Tienduizend dollar voor een uurtje draaien. Dat is niet gek. Bij mijn volgende gedachte verschijnen er steeds meer beren op de weg. Zoveel dat de weg volkomen onbegaanbaar lijkt. Doen alsof je Tom Holkenborg bent is één ding, maar doen wat Junkie XL doet... dat lijkt verdomme helemaal niet makkelijk. Maar in de woorden van Gerald: the hell with it. Ja, proost Gerald. Op morgen.

12.

Vrijdagavond sta ik te draaien alsof ik nooit iets anders heb gedaan. De 'bitches' vechten zich met Badr-achtige dansmoves tot vlak bij mijn 'tafel' en ik kijk alsof ik dat wel gewend ben. Ondertussen sta ik met mijn armen gespreid de menigte achter hen op te zwepen. Alles wat ik moet doen is af en toe even wat knopjes verdraaien aan dat ding hier voor me. Of ik klem een schelp van de koptelefoon tussen mijn hoofd en schouder en mime een voor het publiek nu nog onhoorbare beat – maar hij komt eraan, hoor, lach ik naar ze. Weet je wat? We wachten niet langer. Daar is-ie al! Ja! Dat vinden ze mooi, hoor! Ik gooi een schuif van mijn mengpaneeltje omhoog en hoppa. Mijn eigen fans in Nederland zouden waarschijnlijk dood neervallen van verbazing als ze me zo zouden zien. Maar als je denkt dat ik Junkie XL ben, vind je vast dat het lekker gaat. Daar staat Gerald te dansen, met zijn glas proostend in mijn richting.

Natuurlijk heb ik niet in één dag leren dj'en. Ik heb het in één dag leren faken. Faken is acteren, tenminste, in de categorie 'net doen alsof'. Natuurlijk moet je het als acteur 'voelen' maar laten we eerlijk zijn, je doet ook een beetje alsof je een ridder uit de middeleeuwen bent als het script zegt dat je een ridder uit de middeleeuwen bent. Je gaat niet meteen te paard de Albert Heijn in en rijgt de filiaalhouder aan je lans als het gevraagde halfje wit niet meteen komt. Ik heb geen idee of ridders dat deden, en misschien is het ook niet het beste voorbeeld. In ieder geval, ik moet doen alsof ik Tom ben. Dus ik heb een te grote pet gekocht, dat is mijn handelsmerk, en ik spring op en neer alsof de vloer onder mij in de fik staat. Dansen, dansen, dansen! Kom op, mensen!

Maar moet ik dan niet 'echt' muziek opzetten. Nee, niet echt. Laten we vooropstellen dat we het hier wat mij betreft niet echt over muziek hebben. Tom maakt inmiddels allang schitterende filmmuziek, dus die neem ik niets kwalijk, maar die bleke vlasharen mannetjes die nu aan hun zelf gecreëerde topje staan wel. Ik heb er geen verstand van, weet ik. Ik ben ouderwets. Was ik al toen Bob en ik begonnen, zo is het nou eenmaal en zo wil ik het ook. En eerlijk is eerlijk: als je in een privéjet van eilanddiscotheek naar Madison Square Garden vliegt om je miljoenen te laten betalen, zul je vast iets kunnen. Ik hoor alleen een computer die iets kan, maar aan de armbewegingen van het provinciale wonderkind kun je aflezen dat hij zelf van mening is dat zonder zijn hulp deze prachtige klanken nooit tot ons gekomen zouden zijn. Maar er zijn er ook een paar die de boel echt flessen. Die helemaal niet op dát moment bepalen wat we te horen krijgen.

Daar kwam ik achter toen ik mij door een collega had laten meeslepen naar zo'n happening. In het w Hotel in Barcelona. Ik draaide daar een gedeelte van een film en Barcelona is de *gay capital of the world*, wat ze in Amsterdam ook beweren, en ik kijk niet op een nicht meer of minder. Tof volk. Of zoals iemand ooit zei: God creëerde de homo opdat de hetero in ieder geval een idee krijgt hoe hij zich moet kleden. Remco nam me op een avond mee de stad in en van het een kwam het ander. Tapasje hier, glaasje daar en ineens stonden we in het w op een feest aan zee waar een zeer beroemde maar mij onbekende bleekneus achter een draaitafel stond te zwaaien alsof hij zijn dj-opleiding op een helikopterplatform had genoten. En de meute mooie meiden maar zweten met die schitterende lijven. En de gays maar swingen. Met ook schitterende lijven, trouwens.

Ik mocht er eerst niet in, wat mij logisch leek. Ik hoorde daar niet. Ik had het net zo goed op mijn voorhoofd kunnen schilderen, dat ik niet van house hield. Maar het bleek om mijn slippers te gaan. Slippers zijn geen hippers. En in mijn korte broek en ruimvallend want veel vet beschermend overhemd zag ik er eerder uit alsof ik mijn dochter kwam halen in plaats van zelf te gaan swingen. Ik vond het op zich niet erg dat ik er niet in mocht, maar ik ben wel een popster natuurlijk. Je weigert mij niet. Groucho Marx wilde nooit lid worden van een club die hem als lid zou accepteren, maar ik heb dat andersom. Dat is die achilleshiel weer.

Ik belde een runner van de film, van wie ik wist dat hij binnen was. Drie minuten later kwam een verbaasd kijkende Rop naar buiten. En Rop heeft maat 44,5. Dat wist ik omdat ik meer films met hem had gedraaid en hij meestal mijn filmschoenen overnam.

'Hoi Rop, leuk je te zien en wat heb je prachtige schoenen aan.' Ik gaf hem mijn slippers en we waren binnen. Nou ja, Rop niet meer. In mijn klootzakkerigheid dacht ik zelfs niet eens te hoeven vragen of hij wilde wachten tot we weer naar buiten zouden komen. Ik ging er blind van uit dat hij zou wachten en ons vervolgens naar het hotel terug zou brengen. Hij was toch een runner?

Binnen hing het zweet aan het glazen plafond van de zaal. 'O, te gek!' zei Remco toen hij de helikopterimitator achter de draaitafel ontwaarde. Dj Huppeldeflups. Geweldige dj kennelijk, Remco was groot fan. Hij had hem al tientallen malen gezien. (Gezien, zei hij. Niet gehoord. Zegt ook veel, vind ik.) Die dj zwaaide en danste dat het een lieve lust was. Remco trok zijn shirt van zijn afgetrainde lijf en wierp zich in de massa. Dansen, dansen, dansen. Opa bekeek het met het shirt van zijn vriend in de hand en vond het wel grappig.

Opeens stopte Remco met dansen. Hij keek bevreemd op naar de dj. Er was iets aan de hand. Remco was een 'connaisseur de kutherrie', dus ik was benieuwd. Bleekneusje draaitafel niet, die bleef lekker zwaaien en met zijn oor koptelefoonschelpen zijn schouder in duwen. Toen stapte Remco boos van de dansvloer. Hij griste zijn designer T-shirt uit mijn handen en gebaarde dat we gingen.

Rop was weg, enig zelfrespect moest er zijn. Remco en ik liepen langs de haven terug naar het hotel. Een zomeravond in Barcelona en een woedend stampende miniatuur-Schwarzenegger naast me. En geen house meer. Ik vermaakte me wel. Remco legde uit dat dj What-ever-the-fuck de boel stond te belazeren. Wat we net hoorden was exact dezelfde set die hij drie weken geleden in de Ku op Ibiza had gedraaid. Het was gewoon een tape! Hij kon er niet over uit. Dat gastje kreeg vijfendertigduizend euro voor een halfuurtje playbacken. En iedereen trapte erin. Bij het hotel aangekomen wilde hij geen afzakkertje meer. Verdrietig ging hij de lift in, naar boven, naar bed.

Voor mij was het het zoveelste bewijs dat het allemaal geen reet voorstelt, die scene, en ik had er nooit meer één gedachte aan vuilgemaakt. Tot gisterenavond. Ik kon niet draaien, maar ik kon wel iemand spelen die kan draaien. Ik was ook geen besnorde verzetsheld, maar ik heb er wel een heel overtuigend gespeeld.

Roadie en ik liepen over Union Square, en ik zat in de rats. Vijfduizend dollar in mijn zak als aanbetaling, dat wel, maar tevens de wetenschap dat ik morgen door het ijs ging zakken. En dat Gerald mij dan aan zijn maffiavriendjes in Mulberry Street zou uitleveren, waarna ik met betonnen schoentjes in de Hudson zou verdwijnen. Wat te doen? Ik zag het Union Square W Hotel oplichten. Het schitterende hotel tegenover de filmacademie. Dat deed een belletje rinkelen. Alleen rinkelen, verder niets. Ik schreef me in. Mooie kamer, ik had nu toch geld, en toen ik uit het raam keek, zag ik aan de andere kant van het plein de Best Buy. Opeens wist ik wat ik moest doen.

Ik kocht een MacBook Pro 13 inch en rende weer terug naar het hotel. Het plan was zo simpel. Ik nam een wifi-account (achthonderd dollar per nacht maar voor de wifi moest je apart betalen, oplichters). Ik trok de minibar open en deed mijn nieuwe laptop aan. YouTube. Junkie XL. Bingo. Concertgebouw 2012. Een heel concert. Dit werd een makkie. Roadie gooide zich op het bed, ik gooide mijn benen op het bureau en schonk mezelf nog eens in. Ik keek en luisterde naar house. Ik schreef op: petje kopen, pak, stropdas – eigenlijk best goeie muziek, 'The love I will give you', prima te pruimen –, opzwepen van publiek met rechterhand. (Tom was rechts. Mooi. Ikzelf ben links, maar ook ambidexter. Ik kan met links wat ik met rechts ook kan. Daar kwam ik wel uit. De laptop moest ik morgen rechts neerzetten.) Ergens een maf dingetje met lichtjes en bliepjes en schuifjes kopen. Zou de CompUSA nog op Columbus zitten?

Ik schreef blaadjes vol. Mijn rol begon te groeien, mijn karakter kreeg vlees. Ik zocht en vond: jasje mocht uitgetrokken, pet mocht nooit af. Ik had veel meer haar dan Tom. Nu pas begreep ik waarom Gerald over mijn haar en beugel was blijven zeuren. Oké, mijn verhaal was als volgt: ik was in New York voor een haarimplantatie en een beugel. Had even vrij genomen van Los Angeles. En ik schreef verder. Handdoek als bij een sjeik over mijn hoofd en dan de pet weer, was ook een handelsmerk, zag ik.

Toen kwam het technische gedeelte. Ooit had ik in een vlaag van overmoed tegen Bob gezegd: 'Geef mij vijfentwintigduizend euro en ik geef je een prachtige videoclip bij het lied.' Grote bek van mij. Bob vond het best. Het was zijn geld niet, het was Sonygeld en bovendien hield hij helemaal niet van clips.

Ik had een camera gekocht, een statief, en vijf vliegtickets naar het dichtstbijzijnde skigebied. Geen idee meer waar het was. Sneeuwen deed het er wel. De hele dag en de hele nacht hebben we gedraaid. En ik maar doen alsof ik wist wat ik deed. Vervolgens zat ik drie weken lang op mijn computer te puzzelen hoe ik überhaupt te zien kreeg wat ik had opgenomen. Het moest allemaal van ongelooflijk ver komen. Hele nachten keek ik instructiefilmpjes op het internet. Uiteindelijk kocht ik Final Cut Pro en laadde de hele bende in. Ik bleek 133 minuten materiaal te hebben en lang niet genoeg voor een interessante clip van nog geen drie minuten. Schavend, schurend, de truc van de herhaling eindeloos toepassend kreeg ik de clip af. Ik leverde hem in en ging naar bed. Voor een week. Toen ik weer buiten kwam, stonden we op nummer één. Een kersthit. Ik had een grote bek, maar het was wel gelukt. Dus. Final Cut Pro.

Ik laadde de hele set van het Concertgebouw in en knipte en plakte tot diep in de nacht. Roadie sliep. Ik had ook een koptelefoon gekocht. Al na drie minuten kon ik het ding routineus met mijn oor tegen mijn schouder klemmen. Kon ik ook nog horen wat er in 'de zaal' gebeurde. Ik maakte een set van een uur. We hadden een halfuur afgesproken, maar ik zou laten zien dat een Holkenborg de beroerdste niet was. Ik gooide er gewoon gratis een halfuurtje bovenop.

Toen ik de set in elkaar had zitten, ben ik die achter elkaar gaan beluisteren. Een keer of twaalf. Ondertussen schreef ik van minuut tot minuut op wat ik moest doen. Handje hier, twee handjes aan de bliepknopjes, jasje uit, op de tafel gaan staan om iedereen nog meer op te zwepen. Een choreografie. En toen ik die had, plakte ik er beelden onder. Eerst gewoon omdat ik het leuk vond om te doen, maar algauw zag ik dat ik allerlei geheugensteuntjes kon aanbrengen. Mijn set begon rustig, dus plakte ik beelden van Charlie Chaplin die op zijn gemak over straat liep. Dan ziet hij The Kid. Voor mij een teken dat over tien seconden de beat eronder kwam. Daarna begonnen weer andere beelden. In korrelig zwart-wit verdringen mensen zich om in reddingsboten te komen. Een schip zinkt. De beat bonkte angstaanjagend, maar het was alleen de beat! Waar was de rest van de muziek? Nou ja, doet er niet toe. In de boten allemaal! Vrouwen en kinderen kunnen opdonderen! Op het beeld kijken de mensen verdwaasd omhoog. Wat is dat? Een ufo! En daar is het hele muziekspectrum, inclusief de beat. Op beeld schieten laserstralen en lichtvormen door elkaar heen. En zo de hele set door. Met een pauze op de helft. Daar zou ik het zaallicht aan laten doen. In het restaurant.

Op het afgesproken moment doet Gerald ineens alle lichten aan, alsof het een Chinees restaurant is. Hij kijkt trots naar zijn vrienden naast hem. Hij is deel van de show, zien ze dat wel? Hij werkt mee aan een interim-setje van Junkie XL. Hij, Gerald. Niet gek, hè? Hij heeft me ook toegefluisterd dat hij twee terabyte extra opslag aan de bewakingscamera's heeft gehangen, om de hele show op te kunnen nemen, inclusief zijn eigen bijdrage. Tegen de tijd dat iemand hiernaar gaat kijken, zit ik allang in Los Angeles aan een pilsje, hoop ik.

In het volle zaallicht weten de dansende mensen voor me wat ze te doen staat. 'Hé ho!' roepen ze. Op beeld springt Donald Duck op een tafel en ik klim op de mijne. Valt niet mee met mijn gewicht. Zou Tom ook zo dik zijn geworden? In 2012 nog niet. Gerald zal er gisteren uit beleefdheid niet over begonnen zijn. Ik weeg weliswaar 125 kilo, maar het ziet eruit als 103. Dat komt door mensen als Oprah en Gordon. Die wegen ook 20 kilo meer dan ze zeggen, maar geven de schuld aan de televisie. *Tv gains 10 pounds.* Of *20*. En dat gelooft iedereen nu. Maar Tom is niet zo dik als ik. Het zal iedereen een zorg zijn hier. 'Hé ho!' roepen ze. Ja, wat? gebaar ik. Ik begrijp jullie niet. Op het beeld achter mij zullen nu de Three Stooges met hun zwart-witte hoofdjes schudden. Zij begrijpen ook niet wat de mensen hier voor ons willen. Met een hand bij mijn oor vraag ik, zonder geluid te maken: wat? Meer van wat? Muziek? Wat voor muziek? Mijn muziek? Junkie XL-muziek! Ja! Met mijn grote teen – ik speel op blote voeten – tik ik op de spatiebalk van mijn nagelnieuwe laptop. Tenminste, zo lijkt het. Ik mis hem op een paar centimeter. Ik ben niet gek, dat ding is nagelnieuw. Ik stamp op het stukje tafel ervoor. Ik heb dit allemaal op de seconde getimed. De timeline van Final Cut Pro is helemaal nooit gestopt. De beelden gingen toch gewoon verder? Ik heb alleen in de montage de geluidsbalk opgeschoven. Vijfenzestig seconden pure volksverlakkerij. En de mensen vinden het zalig. Ze dansen alweer. Allang. Ik kijk naar ze. Leuk baantje eigenlijk.

Gerald is meer dan tevreden. De tent is leeg en ik heb nog eens achtduizend gekregen. Drieduizend meer, maar ja, een overvolle kassa. 'Drinkpubliek heb ik, hoor,' lacht hij. Ik lach terug en denk: ik moet weg. Het is vier uur in de ochtend en elke minuut dat ik langer blijf kan ik ontmaskerd worden. Ik heb het overleefd, met glans, maar we moeten de kat niet op het spek binden.

Gerald heeft een fles Grey Goose gehaald en een afstandsbediening. 'Zullen we nog even naar wat YouTubefilmpjes kijken?' Ach, zullen we dat niet doen? Ik ben te bescheiden, zegt hij. Nee nee, wil ik niet. Want oké, het is geen bescheidenheid, maar ijdelheid. Hij mag het dan niet gezien hebben, of niet gezegd, maar ik ben nogal aangekomen de laatste maanden en ik heb geen enkele behoefte om mezelf te zien toen ik nog dun was.

Jawel, dat had hij zeker wel gezien. Maar dat kwam van de pillen voor mijn haarimplantaten, toch? Wist hij van zijn vriend die het ook had laten doen.

Ik moet naar mijn hotel. Ook goed. Stephanie zal mij even

brengen met de taxi, Gerald staat erop.

Stephanie heeft haar jas al aan en ik speel de moegespeelde artiest. Ik bén de moegespeelde artiest. Bovendien moet Roadie uitgelaten worden. Is die hond doof of zo? Het zou best kunnen. Hij heeft de hele avond onder de tafel gelegen. Morgen eens testen. Nu naar bed.

13.

Stephanie wil mee naar boven. Roadie en ik stappen de lift in en draaien ons om, als professionele afscheidsnemers. Zo hoort het: eerst zorgen dat het afscheid fysiek in werking is gezet, duidelijk gemaakt, en dan zeggen. 'Nou...' Maar Stef kijkt ons gespeeld verbaasd aan en drukt nogmaals op de liftknop. De deur, die even dicht wilde, schuift weer open. Ze stapt de lift in en vraagt welke etage. Ik zeg elf. Ze drukt op 11 en gebaart: steek je keycard erin, daarmee duidelijk makend dat ze geen professionele groupie is, want een kind weet dat liften in grote steden alleen maar werken als je eerst je sleutelkaart in het sleufje steekt. Een achttienjarige amateurgroupie. Ik steek mijn kaart in de sleuf, wil geen scène met de deur open, recht voor de balie. Het is halfvier. Bij de balie is echt niets anders te doen dan kijken naar die man met zijn hond. En zijn dochter.

Ik ga niet met je naar bed, hoor, Stephanie. Geen denken aan. Ik ben zevenenveertig. Dat is twee keer achttien en dan nog eens tien jaar! Daar krijg ik minstens twee keer levenslang voor hier.

Terwijl de lift naar boven zoeft richting strafbare wensen denk ik aan het goorste beeld dat ik me kan voorstellen. Dat helpt tegen de lust. Nee, niet boerenkool, maar lijken op stokjes bij kannibalen. Dat is uit een documentaire. Ik heb er de hele jaren zeventig niet van kunnen slapen. Mijn broer had de band geleend bij de videotheek.

We komen aan op de elfde verdieping. Ik denk aan Gerard Cox met Marina de Graaf, een film waar ik de titel niet eens meer van weet. Een oude man krijgt een relatie met een heel jong meisje. Fijn voor Gerard Cox, die rol, maar het was het smerigste wat ik ooit gezien heb. Daar heb ik de hele jaren tachtig niet van kunnen slapen. De liftdeuren zoeven open en Stephanie beent gedecideerd de verdieping op.

Ik doe de kamer open en laat haar binnen. Heb ik achthonderd dollar betaald om in een stoel te mogen slapen. Eerst maar eens de minibar aanvallen. Van schrik heb ik eigenlijk heel weinig gedronken. Ik buig me omlaag in het kastje en zie dat ook mijn kans op de stoel is verkeken. Roadie trippelt langs mijn hoofd, schurkt even met zijn kop tegen me aan en springt op de stoel. Halverwege de sprong heeft hij zijn ogen al dicht. Een schurk heb ik gekregen. De leider heeft me geaccepteerd, betekent dat. Ik heb heel veel natuurdocumentaires gekeken, ik weet dat soort dingen.

Stephanie is in de badkamer. O mijn god, die gaat natuurlijk straks dramatisch op haar telefoon 'You Can Leave Your Hat On' spotifyen, de deur opengooien en met haar rug tegen de post haar bevallige lijfje in een onmogelijke bocht draaien. Kan ze beter Jim Croce draaien, 'Five short minutes of loving, done brought me twenty long years in jail'.

Ik ga voor het raam staan, drink een biertje en kijk uit over Union Square. Als New York de navel van de wereld is, en dat is het, dan is Union Square dat kleine knoopje vel midden in de navel. Onder me de filmacademie. Groenteman Van Houten is al aan het opbouwen. Groente en fruit uit *upstate* New York. Van Houten. Toen ik hier woonde was ik met mijn domme kop nog een gesprekje aangegaan ook. Nee, hij sprak geen woord Zweeds.

De deur gaat open. Stephanie staat stil, zonder muziek.

'O, sorry,' zegt ze, 'het glipte uit mijn handen.'

Maakt niet uit, Stef. Je bent naakt, dat is wel een dingetje. Met je schitterende borsten.

'Sorry, wat?' En ik weet dat ik staar. Maar ik kan er niets aan doen. Gaat zo wel weer over. Ik heb nichtjes van zestien, verdomme.

'Mag ik ook een slokje?'

'Ja, tuurlijk.' Niet gaan lopen, Stephanie. Niet zo die heupen draaien met je borsten die zo jong zijn dat ze helemaal niet bewegen terwijl jij zelf wel beweegt. Waarom duik ik er niet gewoon op? Rod Stewart zou haar een oude taart vinden. Om van Bill Wyman maar te zwijgen.

Haar vrije hand aait over mijn rug. Nou ja, over Junkies rug. Maar toch, ik neem de honneurs waar. Als ik betrapt word, gaat Tom Holkenborg achter de tralies. Nee, natuurlijk niet. Ik ben helemaal niet sexy. Ik ben dik. Nou ja, geen vetschort of zo. Maar als ik me omdraai straks, in de roes van de *after sex*, en ik let niet goed op, is ze dood. Heb ik haar gesmoord. Ik krijg een stijve. Hou op met aaien.

'Je bent veel te jong, Stef.' Ik kijk nog steeds naar buiten, met stijve penis en al. 'Daar ga ik problemen mee krijgen.'

'Ja, dat denk ik ook...' Ze komt achter me staan. Haar borsten drukken tegen mijn rug. Junkies rug, maar ik voel ze toch echt.

'Maar niet omdat ik te jong ben. Lieve schat, ik ben vijfendertig.'

Ja. Als jij vijfendertig bent, dan ben ik zeventig. Toch, aan haar stem hoor ik dat ze het meent.

'Vijfendertig?'

'Yep. Dank voor het compliment. En nu even stil zijn.' Ze draait op de een of andere manier zo dat ze ineens voor me zit. Van staand achter me naar zittend voor. Als een slang. Met borsten. Vijfendertig mag. Makkelijk. Vijfendertig is prima, bedenk ik terwijl de broek van de dj langs mijn billen naar beneden glijdt.

'Ik weeg 123 kilo,' zeg ik. Als ik geen weerstand meer heb, kan ik altijd nog weerzin proberen op te roepen. Maar die gasten hier hebben helemaal geen kilo's. '246 pounds!' Ik schreeuw het iets harder dan ik zou willen. Als ik bij het woord pounds aankom, vindt Stef wat ze zoekt. En stopt het in haar mond. Haar vijfendertigjarige mond. Pijpen is niet strafbaar hier. Het is niet eens seks. Clinton had zich laten pijpen door Monica en dat werd, bleek uit een door CNN gehouden enquête, door 75 procent van de Amerikaanse vrouwen niet als seks gezien. Stephanie hoort vast bij die 75 procent. Met haar vijfendertig jaar. Ik had me ook laten pijpen door Miss Lewinsky. Lekker vol. In plaats van die gesteven powerrok. Tof wijf misschien, die Hill, maar niet geschikt voor het betere pijpgebeuren.

'I love big,' zegt mijn niet-strafbare vriendin. Ze is even opgehouden met pijpen. Ze is echt geen vijfendertig!

'How old are you?' Serieus, Tom Holkenborg? Wil je dat nu nog weten?

'I'm a consenting adult, Tom, don't worry. Please fuck me...'

Daar is Tom niet tegen bestand. Ik pak mijn telefoon. Wat Kanye West vergeten is, zal ik eens als lesmateriaal voor al ons popsterren op het net gooien!

'State your name and age, please,' probeer ik grappig te zijn. Geen idee waarom. Dit is inderdaad niet het moment om geestig uit de hoek te willen komen.

Ze gooit me achterover op het bed. Roadie kijkt even op. O, toch niet zo doof? Ik richt mijn telefoon op Stephanie terwijl ze van mijn enkels omhoog kruipt, richting de lens.

'My name is Stephanie Anderson, I'm twenty-three years old, I'm from New York and about to blow your mind. Your dick, sorry.'

U ziet, edelachtbare, de verdachte heeft het mejuffrouw expliciet gevraagd en dit was haar antwoord. Ik ga ervoor. Ik leg de camera weg en kleed me liggend op bed uit. Heel even wachten, Stef. Ik hou mijn shirt aan, want ik... sorry, zij mag het lekker vinden, ik vind mezelf echt te dik. Het is niet vadsig vet, het is gewoon groot.

U ziet, edelachtbare, de verdachte had alle kansen om eens lekker verwend te worden. Ze zei dat ze oud genoeg was. Kijkt u eens naar dat lijf, kijkt u naar wat ze doet. En kijkt u eens naar wat hij doet?

Hij doet niks.

Precies, edelachtbare. Hij ligt aan zijn eigen onvolkomenheden te denken!

Nou, dat mag in uw land dan misschien een normale gang van zaken zijn, meneer Holkenborg, maar in dit land focussen wij niet op wat we níét kunnen, wij denken gewoon dat we álles kunnen. Is de jury er al uit, zal wel, hè?

Jawel, edelachtbare. Vijf keer levenslang. Zonder kans op voorwaardelijke vrijlating.

Zo'n sukkel ben ik dus. Terwijl ik zeer professioneel gepijpt word, lig ik aan dit soort dingen te denken.

Stephanie geeft het op. Gelijk heeft ze. Dit moet zeer beledigend voor haar zijn. Ze glijdt van het bed en verdwijnt de badkamer in. Nu is er alleen nog maar maanlicht, een snurkende hond en een zichzelf vernederende vetzak. Lekkere reis, dit. Had ik maar coke. Eén snuifje. Even opkicken. Als de badkamerdeur weer opengaat, doe ik of ik in slaap gevallen ben. Dat kan er ook nog wel bij, op mijn eindeloze lijst der gênante beslissingen.

'Bye, Tom. Sorry you don't like yourself enough to be nice.' En ze gaat. Die Holkenborg heeft morgen geen goeie reputatie bij de vrouwtjes in New York. Ik draai me om naar het raam.

Het wordt licht. Van Houten zal wel klaar zijn met opbouwen. Zal ik even naar mijn zoon bellen? Midden op de dag? Per ongeluk? En wat ga ik dan zeggen? Het gaat goed met me?

14.

Het is nog geen zeven uur in de morgen en Roadie en ik lopen langs de rivier richting Delancey Street. We gaan de brug over naar Williamsburg. Roadie is lekker uitgeslapen. Die heeft van mijn seksuele tekortkomingen en zelfwalging weinig meegekregen.

'Ik heb lekker toch een grotere hekel aan mezelf dan jij.' Ja hoor, we zijn er. Ik praat tegen de hond. Dit heet *rock bottom*. Het dieptepunt van mijn bestaan ligt op Delancey Street in New York. Er kan een tegel worden geplaatst, hoor burgemeester De Blasio. Op de hoek van Clinton en Delancey graag. Voor die kroeg. Niets groots, gewoon een gedenkteken. In de stoep.

Een man staat op zijn benen te zwaaien. Zo dronken dat hij zelfs in slow motion zwaaiend met zijn armen nauwelijks overeind kan blijven. Twee stappen doet hij, zwaaien, bijna vallen, zwaaien, ja, hij redt het, en weer twee stappen. Het is niet zo dat ik me heilig voorneem nooit meer te drinken, maar wel nooit meer zoveel als deze man net heeft gedronken. Ik word al misselijk als ik naar hem kijk. Mijn gedenkteken zal ook voor hem zijn. En dan kan hij later elk jaar met zijn hele gezin vanuit Connecticut komen om het te vieren. Dat hij toen gestopt is, toen hij die tegel zag.

Ik heb vanochtend bij het ontbijt twee dingen besloten. 1) Dit is geen ontbijt en ik gooi de bagel met ei en spek weg. Koffie mag en verder vruchten, muesli en yoghurt. Wen er maar aan. Toen viste ik de bagel uit de vuilnisbak, omdat dat een goed ontbijt is voor een oude hond. 2) Ik moet een auto kopen.

In het Eastgate Tower Hotel hebben we onze spullen gepakt. Dat wat eetbaar was voor Roadie meegenomen, dat wat eetbaar was voor mij weggegooid. Toen zijn we naar beneden gelopen. Acht marathons heb ik uitgelopen. En nu ben ik geen schim van die trotse kerel die ooit een keurige 4.19:21 neerzette. Vet. En ik ga eraan werken. In de lobby vraag ik Diana een auto voor me te zoeken. Diana werkt daar al jaren en is de lobbyist. Wat wil je hebben, zien, laten komen? Diana is je man. Wat grappig is als ik eerst had verteld dat ze inderdaad vroeger een man was. Nu is de hele *plumming* weg. Maar in haar paspoort staat nog steeds Danny. Het zal haar worst wezen. Knappe meid, hoor. Spreekt onverstaanbaar Engels omdat ze eigenlijk Roemeens is, maar ze kan alles regelen met een computer. Ik denk dat het komt door de plaatjes die erbij staan. Amerika is één groot stripverhaal eigenlijk. Welke auto, type, jaar, kleur, maakt niet uit. Stoer, schoon, en goed genoeg om de overkant te halen. Het werd Williamsburg. Miss Spinola. Berry Street en South 2nd Street. Net over de brug. Dank schat, wat kost-ie? Diana wees op een prijs. Zevenhonderdvijftig dollar? Wauw, koopie.

We gaan de brug over en kopen die belachelijk goedkope Laro D110 van een oud vrouwtje dat geen flauw idee heeft wat ze verkoopt en gaan op pad. Geen enkele behoefte om erachter te komen dat Gerald gisterenavond nog wel even op het net is gaan kijken en toch wel redelijk grote verschillen is gaan zien tussen Tom en mij. Hij en vooral zijn vrienden lijken mij geen types die hier eens even hartelijk om gaan zitten lachen.

Ik druk op de bel. Fraai huis. Beetje Pippi Langkous. Mooi. Geld. Het nieuwste geld kennelijk. Zo gaat het altijd hier. Een buurt is *too hip to be square* en wordt te duur. Dan trekken de pioniers een andere buurt in, Hell's Kitchen, Meatpacking District of bijvoorbeeld Williamsburg en kopen of huren die enorme lofts in wat op dat moment nog slechte buurten zijn en dus goedkoop. Zitten er genoeg pioniers, dan komen daarna de hipsters en komen de hipsters dan is het al niet meer te betalen. Dan komt de meute erachteraan. En binnen vier jaar is een krot vijf keer over de kop gegaan en moeten nieuwe pioniers weer naar andere buurten trekken om de hele cyclus te herhalen.

Een klein Italiaans, pittig oud vrouwtje doet open. Zo een dat in films uit het raam gilt: 'And bring me a bag of peppers, Tony!'

'Hello, dear,' zegt ze. Krakend stemmetje, bocheltje, maar pientere oogjes. Als casting director hoef je hier maar een wandeling te maken en je film is gevuld. Als locatiescout ook trouwens: wat een fijn huis. Ze noodt me binnen en zet me in een stoel. Bonte verzameling. Het is hier vast mooi schoon, maar dat weet ik niet zeker, want overal staat wel wat. Drie fauteuils met van die monsterlijke dingen die je voeten ondersteunen, twee enorme roze banken met het plastic er nog omheen, een donkerhouten met glas en goud belegde tafel waar de vergadertafel van de Verenigde Naties een bijzettertje van wordt. En gordijnen alsof ze er een illegaal handeltje in heeft. Overal draperieën en tule en stof. Of ik voor de auto kom? Ja, maar mag ik eerst weten of het veilig is je hond hier zomaar buiten te laten?

'Is dat uw hond?' vraag ze verbaasd.

Ja, natuurlijk is dat mijn hond. Zo'n beest loopt toch niet zomaar achter iedereen aan?

'Jazeker, hoezo?'

'Geen idee, een gevoel. Jullie leken me niet bij elkaar te passen.'

Verkoop me nou maar gewoon die auto.

'We zijn inderdaad nog niet zo lang samen, dat hebt u goed gezien. Maar we worden al aardig gek op elkaar.'

De conversatie gaat gewoon door. Over niks. De buurt. Honden in het algemeen. Waarom ik de auto naar Los Angeles wil rijden. Waarom ik de auto naar Los Angeles wil rijden? Hoe weet zij dat?

'Wij gaan inderdaad naar Los Angeles, ja, maar... Diana.'

'Heeft die Diana een kunstgebit? Het was erg onduidelijk allemaal.'

'Engels is niet haar fort, ben ik bang.'

We lachen. Gezellig. Enfin. De prijs.

'Ja, het is niet veel, dat weet ik,' zegt ze een beetje beschaamd starend naar de handen in haar schoot.

'Ach, ik heb de auto nog niet gezien, hè. Misschien is het wel een redelijke prijs.'

'Nee nee, die auto is prima. Ik gooi er nog honderd bovenop, vooruit.' Alsof ze mij een dienst bewijst door de prijs te verhogen, slim seniel heksje! Maar ja, voor een D110 uit 2003 is het nog een koopje.

'Laten we even wachten met het heen en weer gooien van bedragen tot u mij de auto hebt laten zien,' zeg ik zo vriendelijk mogelijk. Lastig om in zo'n zin niet bitsig over te komen, maar het heksje moet weten dat ik niet op mijn achterhoofd ben gevallen.

Ze gaat me voor naar de keuken. Keukentje. Precies zo lelijk Amerikaans als je in de folders altijd ziet. Het lijkt wel of je een caravan binnenstapt. Zouden Amerikanen er nog steeds niet aan gewend zijn zich te settelen? Hun huizen zijn van hout, kosten niet te veel en zien er vanbinnen uit als caravans. En hun auto's zijn zo groot dat je het idee hebt dat je met een huis op pad bent. Ik ken studenten die kleiner wonen dan een Ford Expedition. Veel kleiner.

Roadie zit in de achtertuin. Hij moet ons door het raam naar achter hebben zien gaan en gedacht hebben: dat kan ik ook. Redelijk opgeruimd kijkt hij naar ons op. Ik kijk op mijn beurt naar de zandkleurige Land Rover. Een D110 uit 2003, dat zie ik zo. Ik ken het model. Ik heb er zelf twee gehad. Hij ziet er nagelnieuw uit. Voor achthonderdvijftig dollar? Al had ze er twintigduizend dollar bovenop gegooid, dat is hij meer dan waard.

'Eight hundred and fifty dollars it is,' zeg ik snel. Ik ben er nooit op uit geweest oude Italiaanse vrouwtjes te belazeren, maar ik heb niet veel geld meer.

'Mooi. Dank je wel jongeman. Ach, weet je wat, jullie zijn met zijn tweeën, we maken er duizend van!' Ze is zelf helemaal enthousiast. Dit is de beste actrice sinds Emma Thompson. Ze lijkt me echt een plezier te doen met deze prijsverhoging.

'Waarom verhoogt u toch steeds de vraagprijs?' vraag ik zachter dan ik van mezelf gewend ben. 'Dat is toch niet aardig, ook al is het weinig?'

Ze kijkt me verbaasd aan. 'Vraagprijs? Ik gééf je duizend dollar.'

'U gééft me de auto én duizend dollar?'

'Ik gééf je de auto?' Ze kijkt alsof ze zojuist iets heel vies heeft geroken. 'Nee, ik geef helemaal niets. Ik geef je de sleutels, jij rijdt die auto naar Los Angeles en dan geef je de sleutels aan mijn zoon.' Ze kijkt strak omhoog, naar mij. 'Met de auto erbij.'

Wat? Diana, trut, dit is geen koopauto! Dit is zo'n studentenregeling. De auto moet naar de andere kant van het land, je zoekt een student, geeft die een paar honderd dollar en een paar weken later staat je auto op je te wachten. Hertz en zo doen dat heel vaak, maar particulieren betalen beter natuurlijk. Niet roken, *speeding tickets* zijn voor eigen rekening en de auto parkeren voor de deur van je motelkamer.

Mama Italia begrijpt het misverstand.

'Ik verstond dat kind ook helemaal niet,' zegt ze verontschuldigend. We kijken allebei naar de auto. Mooi ding. En wat geeft het eigenlijk als het niet mijn auto wordt, ik was toch al van plan hem in Los Angeles te verkopen. Nu hoef ik niet eens op zoek naar een koper, er is geen tijdverlies en ik krijg er duizend dollar voor.

'Miss Spinola, het is nog steeds een koopje,' zeg ik en ik leg mijn hand geruststellend op haar schouder. Beetje vreemd, merk ik ook, zo lang kennen we elkaar nog niet, maar ze accepteert het. Ze klopt met haar rimpelige hand op de mijne en gebaart dat we weer naar binnen gaan.

Een uur later springt Roadie enthousiast achter het stuur. Maar ik ben Jim Croce niet; moven! We rijden terug over de Williamsburg Bridge. Niet dat we weer in Manhattan moeten zijn, maar het is de enige weg die ik ken. Manhattan op zaterdag is niet leuk. Eerst de Holland Tunnel uit zien te komen, daarna komt de New Jersey Turnpike en dan moet ik de Interstate 95 zien te vinden. Vandaar gaan we in een praktisch rechte lijn naar beneden en bij Savannah rechtsaf, naar Los Angeles. Het zal allemaal wel weer veel ingewikkelder zijn, maar dat zie ik straks wel.

Het is nog geen halftwaalf en we gaan beginnen, Roadie! De auto is helemaal leeg, op een splinternieuw dik tapijt achter in de bak na. Daar kunnen we gewoon slapen als het even tegenzit. Ramen dicht, auto op slot. Misschien wat stof en duct tape kopen, om gordijnen te maken. Dit lijkt op mijn Europatrip, maar dan in Amerika, met een hond. Dat is nieuw, maar met dezelfde verloren carrière, doelen en taille. Een klein, harig verschilletje. Ik stel de achteruitkijkspiegel zo in dat ik mezelf kan zien. Een stukje. Kijk maar naar dat drankhoofd, jongen. Misschien begrijp je dan dat je niet meer alles moet drinken wat je ziet.

Ik rij de Holland Tunnel in. Een kuil in de weg doet de auto even schokken. Ik hoor een raar geluidje, het klinkt als zo'n regenbuis. Het zal wel water geweest zijn. Er ligt altijd water in een tunnel. Als je kwaad wilt moet je hier een truck met 600 kilo springstof in rijden. Dan staat half Manhattan onder water. New York maakt me ineens bang. Ik wil land, ruimte, rust. Het is één grote heksenketel geweest sinds ik op die boot ben gestapt. We... sorry Roadie. We. Maar het was een *holocoaster*, zoals mijn schoonzus zou zeggen. Ex-schoonzus. Sorry. Allemaal verwarrend. Ik wil alleen zijn. En met jou, Roadie. Ik neem aan dat je me wel zult bewaken. Je moet me bewaken.

Onderweg met Roadie. Dit is de tweede keer in twee uur tijd dat ik tegen de hond praat, mijn Wilson. Prima. Best gezellig.

Roadie zit rechtop, beziet de weg en ik klets maar door. Alsof ik opengebarsten ben en uit woorden blijk te bestaan.

15.

Roadie is een meisje! Ongelooflijk, maar dat verklaart waarom ze niet veel van me moet hebben. Je bent een meisje en iedereen doet of je een jongen bent. Wat, nu ik het zo opschrijf, toch eigenlijk best meevalt?

Eerlijk gezegd heb ik het idee dat de strijd der seksen inmiddels zo goed als gestreden is, dat vrouwen tegenwoordig alleen maar klagen dat ze geen tijd meer hebben om de kinderen op te zien groeien. Nee, je kunt in de top van Shell niet hele landen bevuilen, tachtig uur per week, en dan ook nog naar de balletvoorstelling van je dochter gaan. Vrouwen hadden volkomen gelijk om gelijkheid te eisen. En gelukkig kregen ze die ook. Maar ze hadden ook gelijkheid in lol moeten vragen. Niet in verantwoordelijkheid. Niet in de lasten, alleen de lusten. Dat was slim geweest. En voor diegene die toch een groot bedrijf als Lehman Brothers met een onmiskenbare vrouwelijke touch naar de verdommenis wil helpen: die kans krijg je, heus. Maar begin dan niet aan kinderen.

Ik kan het weten, want ik heb een zoon en die zie ik ook niet omdat ik zo nodig op tour moet. Zo zegt mijn ex dat altijd: 'Papa is nou eenmaal liever op tour.' Alsof ik me liever door vreemde kinderen laat toejuichen dan met mijn eigen zoon over het strand te lopen! Lekker over het strand lopen met je kind verdient niet zo gek veel. Behalve als je als BN'er op elke rode loper van elke kinderfilm je kinderen etaleert. Dan kun je die foto's verkopen aan de bladen. Kijk eens hoe leuk deze kinderen van deze bekend-om-het-bekend-zijn-tuthola gesponsorde kleding dragen in ons blad? En haar eczeem is ook weg. Ja, ze had eczeem! Wist je niet? Nou ja, zij ook niet, maar een heel goede vriendin van haar wel en dat voelde toch alsof zij het ook had. Fantoomeczeem.

Wat een kankerpit ben ik. Ik zou willen dat ik mezelf net zo goed kon negeren als Roadie dat kan.

Even ademhalen. Ik wilde eigenlijk iets heel anders vertellen. Dat gemopper heeft wel een deel van mijn carrière bepaald en betaald, moet ik tot mijn schande bekennen. Een vriend van me had eens heel dure kaarten gekocht voor een voetbalwedstrijd. Wel negentig euro per stuk. Ajax tegen Milaan of zo. Op de tribune bekeek ik mijn kaartje en zag dat enorme bedrag staan.

'Dat is duur, man,' riep ik. En we waren nog met zijn vijven ook.

'Vijf keer negentig... dat is heel veel. Stel dat we verliezen?'

'Dat kan,' had mijn vriend gezegd, 'maar het is een win-winsituatie. Als we winnen hebben we een topavond, want we hebben gewonnen. En als we verliezen, ga jij mopperen en hebben we ook een topavond!' En de anderen hadden geknikt. Dus dat was de truc, dacht ik meteen. Dat is mijn kracht. Ik kan goed grappig mopperen. Jammer dat ik het zelf allang niet grappig meer vind. Ik ben momenteel toch al niet zo tevreden over mezelf. Slechte huid, en daar nog heel veel van ook. 123 kilo weeg ik. Ja, ik ben afgevallen. Dát wilde ik vertellen, dat dat afvallen tot nu toe vanzelf gaat. Nee, ik wilde vertellen over Roadie, dat ze een meisje is.

Bethany Beach. Ik rij langs het strand en ben op zoek naar een dierenarts. Roadie bloedt.

Daarnet zette ik de auto aan de kant van de weg om me te

oriënteren terwijl Roadie als een gek tegen de deur aan het krabben was. Die moet plassen, dacht ik. Dus ik deed zijn deur open en hij rende als een speer het strand op. Ik zag hem over de duinen schieten en zo uit het zicht verdwijnen. Nou ja, die haal ik zo wel in, dacht ik nog, dus ik ging eerst de auto een beetje behoorlijk inparkeren. Amerikanen zijn heel serieus over de regels in het verkeer. Je krijgt zo twaalfhonderd dollar boete voor 5 mijl te hard rijden, had ik gelezen, en ik had geen enkele behoefte te ontdekken welke straf er op foutparkeren staat.

Ik liep het strand op, maar waar ik ook keek, geen Roadie te bekennen. Ik zag wel twintig konijnen. Daar ging hij achteraan, natuurlijk. Ik wandelde op mijn gemak naar de voet van de duinen en genoot van de zoute lucht. Er was bijna niemand op het strand en ik liet de zon eens lekker over mijn bolle toet dansen.

Toen hoorde ik gepiep. Konijnen schoten weg en ik zag Roadies kont uit een duinpan steken. Een stukje maar. En één poot. Die poot trapte naar achter, als een dolleman. Kom er dan ook uit, gek, dacht ik, en ik sloot mijn ogen weer. Toen besefte ik dat hij er niet zelf uit kon komen en ik rende door het rulle zand naar de nog altijd spastisch schoppende Roadie. Ik wilde hem bij zijn lijf pakken, maar dat was lastig. Mijn handen gleden weg over zijn korte vacht. En ondertussen krabde Roadies poot mijn arm open. Ik schreeuwde. Ik pakte boos die ene poot en trok hem in één keer dat hol uit. Met een konijn erbij, die zich in Roadies poot had vastgebeten. Een spierwit agressief dik kutkonijn! Ik sloeg met mijn blote vuist op de kop van het konijn in de hoop dat het zou loslaten. Het opende zijn bek, maar trok zich niet snel genoeg terug om zich aan de schuimende bek van Roadie te onttrekken. Die knauwde hem in één keer een poot af. Daarna was het konijn een stuk sneller en zag ik alleen nog maar een bloedspoor in het zand. Roadie wilde erachteraan, maar ik vond het mooi geweest. Ik was gewond, het konijn ook en Roadie zelf had een lelijke wond aan zijn rechtervoorpoot. Hij viel als een huilend kind tegen me aan. Ik troostte hem zo goed en zo kwaad als ik kon. Toen stond er ineens een dame met een grote hoed tussen ons en de zon in.

'Daar moet je naar laten kijken,' hoorde ik.

'Ach, het is maar een krasje, dank u,' zei ik. En dat was ook zo. Ik had twee krasjes op mijn arm, niets bijzonders. Maar de vrouw bedoelde Roadie. Bij zijn elleboog lag zijn huid eraf en stak een bot uit. Dat was inderdaad erger dan ik dacht. Zonnehoedvrouwtje had op een oude kassabon een adres geschreven. Daar moest ik heen volgens haar. Crow Greene, op Bethany Beach.

'Het is achter de Hook'em & Cook'em,' zei ze nog, 'kan niet missen.'

Inderdaad, het is niet te missen. Het is zowat het enige wat er op Bethany Beach Road staat. Naast de veranda van de Hook'em & Cook'em staat een auto met VET CROW GREENE op de zijkant geschilderd. Ik slip onze auto naast die van de dokter en ren met een bloedende hond de vier treden van de veranda op.

'Stop!' roept een ober, maar ik negeer hem en kijk wild om me heen. Wie van de vier mensen zou de dokter zijn? Links in de zon zit een typisch blank-roze Midwestfamilie van drie personen met overgewicht voor negen en achteraan in de schaduw zit een oude indiaan stilletjes weggedoken in een overjas een stukje vis te eten. Geen grote gok. Ik ren langs de tafels en ga tegenover de indiaan aan tafel zitten, Roadie op schoot.

'Hond, gebeten, konijn, poot,' stoot ik uit.

Hij kijkt langzaam op. Er gaat een enorme rust van deze man uit. Het zal vast wel meevallen met Roadie. Zo'n indiaanse dierenarts weet dat natuurlijk allang en stelt mij nu zonder woorden ook gerust.

'Dat ziet er lelijk uit,' zegt de man.

'Ja,' zeg ik, 'maar het zal wel meevallen, toch?'

'Nou...' zegt hij. En hij zwijgt verder.

Nou wat?

'Nou wat?'

'Niet veel honden overleven hondsdolheid, natuurlijk. Al is het alleen maar omdat ze afgemaakt worden als hondsdolheid eenmaal is vastgesteld.'

Juist. Nu ben ik dus niet meer rustig.

'Help me,' zeg ik schor, 'please?'

'Natuurlijk,' zegt hij en hij doet een laatste hapje vis in zijn mond. Hij lijkt enorm maar het was eigenlijk alleen maar zijn jas die groot was. Veel te groot. Hij schrijdt voor me uit, over de veranda, richting onze auto's.

Bij zijn auto aangekomen haalt hij van de achterbank een tas en loopt vervolgens verder. Ik achter hem aan, Roadie in mijn armen. Het is een zwaar beest. Ik loop met de stoere tred van de bruidegom die zijn kersverse vrouw over de drempel wil tillen, niet wetend dat het hotel vijf straten verderop is, en de bruidssuite op tien hoog.

We komen bij een klein huis. De deur staat open en in het midden van de woonkamer staat een behandeltafel. Oud, versleten te noemen zelfs, maar smetteloos. De dokter doet zijn grote overjas niet uit, maar trekt er een nog grotere witte doktersjas overheen. Ik registreer het, maar het dringt niet tot me door. Ik leg Roadie op tafel.

'Wacht maar buiten,' zegt de dokter, 'het is hier niet ruim.'

Nee, het is hier zelfs klein, zo met zijn drieën. Roadie lijkt rustig, en met twee stappen ben ik alweer buiten. Ik doe de hor dicht en draai me om. Als Roadie hondsdol is, zal ik niet met hem in Los Angeles aankomen. Ik ga op het trappetje voor het huis zitten. Heb ik weer! Het zit me niet echt mee de laatste tijd.

Ik voel zelfs een traan opkomen, maar dat gaat me te ver. Ik huil bij de dood. Meer niet. En dan huil ik al vaak genoeg. Roadie leeft nog, dus geen tranen. In een oude bloempot liggen een pakje Marlboro en een aansteker. Prima idee. Roken is de dood uitdagen. Ik ben allang niet bang meer voor de dood. Ik heb daar waar de zielen heen worden gebracht meer vrienden zitten dan waar Hij ze vandaan haalt, dus mij heb je niet.

Doodgaan is het ultieme weggaan. Verlatingsangst is eigenlijk hetzelfde als bindingsangst. Wanneer je iemand aan je bindt is het feit dat diegene weggaat meteen het ergste wat je kan overkomen. Ongetwijfeld leed ik aan beide, verlatings- en bindingsangst. Prima. Ik koesterde mijn neuroses, ze gaven me iets om over te zingen. De dood wende nooit, maar als die elk jaar wel een keer langskwam, schrok je er niet meer zo van. Nee, ik schrok nog even hard, maar ik ging alleen eerder over tot de orde van de dag. Er moest ook telkens nogal wat geregeld worden. Het was maar goed dat ik niet orthodox-joods ben. Dat iemand binnen een dag in de goedkoopste kist de grond in moet. Zo zat je nog samen aan tafel, vierentwintig uur later was diegene dood, weg, begraven, klaar, einde. Die goedkope kist begreep ik dan wel weer. Kisten zijn net caravans, wist ik uit ervaring. Al betaalde je het dubbele, ze werden er niet mooier van. Het voordeel van een kist boven een caravan is dat je er na ongeveer een week niet meer naar hoefde te kijken. Of na een dag dus.

Mijn eerste begrafenissen bracht ik nog een beetje in verbazing door. Was dat allemaal familie? Zo zo. Knappe nichten had ik. Wat was het hier mooi eigenlijk, met al die bomen en graven. En dan braaf opzitten en speeches en muziek aanhoren om meteen daarna met de knappe nichten verstoppertje te gaan spelen, terwijl de ouderen aan de koffie en cake gingen. Het was eigenlijk best gezellig.

Ook toen vrienden al dan niet zelfgekozen begraven werden, was er niet meteen intens verdriet. Ik was te jong, denk ik. Pas weken later besefte ik dat Mat dood was. Echt dood. Hij was een vriend van de middelbare school, eerste klas. Ik had er geen idee van gehad, maar kennelijk was hij doodongelukkig geweest. Inmiddels weet ik wel dat mensen die de dood verkiezen dit vaak zeer goed weten te verbergen. Men zei achteraf dat zijn gebrek aan lengte hem erg veel verdriet had gedaan. Hij was klein. Maar waren we niet allemaal klein? Volgens mij wel. Zijn lengte moest wel de reden geweest zijn, roddelde het schoolplein, omdat hij zich met een voetbalsjaal had opgehangen aan een deurkruk. Opvallend detail, voetbalsjaal. En daarom al niet waar. Zo'n sjaal rekt uit. Altijd. Zeker voetbalsjaals uit de jaren tachtig. We waren grote vrienden, Mat en ik, maar bij de begrafenis hield ik me bescheiden op de achtergrond. Ik was verdrietig, zeker, maar ik weigerde me te mengen in het gevecht wie het zieligst was. Liever verder van het vuur, schreef ik later. Een van mijn eerste tekstpogingen. Hoe verder weg van het vuur je zit, hoe minder verdriet je hoeft te voelen. Ik sta het allerliefst tegen de achtermuur van de aula.

Tijdens de condoleance kreeg ik meer belangstelling dan me lief was. Mats moeder, net als zijn vader trouwens, was zeer klein van stuk (dus zijn lengte kon mijn vriend nauwelijks overvallen hebben – die gedachte hield me staande). Zijn moeder pakte mijn hand met twee handen vast en zei zacht: 'O, jij bent het. Hij had het zo vaak over jou. Hij was gek op je...'

Ik was nog steeds niet kapot. Pas toen de dankbetuiging kwam. We zaten in de tuin en mijn ouders rommelden zich door de post, terwijl ik suikerklontjes in mijn cola gooide. Dat bruiste zo leuk. Ze zagen de foto van Mat op de kaart en bijna gelijktijdig zeiden ze: 'O, is dat hem? Die is nog een paar keer aan de deur geweest hier. Jij was er niet. Wat erg...' En verder met de post, want ik had niet huilend op mijn bed gelegen, de afgelopen tijd. Ik bekeek de foto en mijn gebrek aan vriendschapskunst overviel me. Toen pas kreeg mijn dertienjarige hart de klap die bij zo'n verlies hoort. Verpakt in schuldgevoelens. Wat nou als ik wel thuis was geweest toen hij langskwam? Waren we gaan fietsen, voetballen, weet ik het. Maar ik was er niet geweest. Verzaakt. Daar kon ik als dertienjarige niet goed tegen, zelfverzonnen schuldgevoelens.

Als drieëntwintigjarige ook niet. Tenminste, ik niet. Mathilde ontmoette ik tijdens de selectiecursus voor de toneelschool. Knap, een vrouw van de wereld en al snel waren we beste vrienden. Niet mijn keuze, ik wilde heel graag met haar naar bed, maar zij wilde geen vriend meer. Wel op bed liggen, zoenen, zoentjes... Meer niet. Heel maf en ongelooflijk spannend tegelijk. Ze maakte de lekkerste Italiaanse gerechten en vertelde dan, op mijn aandringen, over haar zeven jaar in het zuiden van Italië. Ze was verliefd geworden op een mooie jongen, op de stoep van het Marnixbad en halsoverkop met hem meegegaan naar zijn geboorteland. Het eerste jaar was een romantische droom geweest. Tot een oom de gevangenis in moest. Maar die oom was iets hoogs in de maffia. Haar vriend, een neefje van de oom, was laag in de pikorde, bleek ineens. Handig genoeg had-ie wel dezelfde voor- en achternaam als de oom en zodoende kwam er een prachtige kans om de carrièreladder van de 'Ndrangheta te beklimmen. Vriendje mocht in plaats van zijn oom tien jaar zitten. Er werd een ambtenaar omgekocht, of een bewaarder, wat maakt het uit. Superspannende verhalen. Zeker voor een boertje als ik. Enfin, de mooie tijden waren over en schoonmama zag in Mathilde steeds meer haar aan tafel ontbrekende zoon. En het werd ook steeds meer haar schuld. Niet die van de oom, die betaalde een flinke som geld en at gezellig mee. Op een dag was Mathilde gevlucht. Met behulp van een nicht die niet hielp uit barmhartigheid, maar omdat zij liever met de neef wilde zijn.

Mathilde kon aan het einde van de zomer, voor we naar school zouden gaan, werken in een circus. In Utah. Of ik mee wilde? Als manusje-van-alles een maand lang in een circus in Amerika.

Het ging niet door. Zij ging wel, ik niet. Ik was écht aangenomen op de toneelschool. Dat had ik niet verwacht. Ik had nog nooit een toneelstuk gezien namelijk. Ik had alleen maar auditie gedaan voor de school. Nu moest ik binnen een maand 2400 gulden collegegeld betalen of het hele feest ging niet door.

Nog eenmaal zoenen op bed, samen eten, leren hoe je kaas het beste raspt, welke pasta het beste is voor welke saus. We namen afscheid, gewoon een kus. Het regende ongelooflijk hard, zo'n zomerregen. Recht naar beneden. Ik stond beneden in het trapportaal, bijna op de stoep, zij boven in de deuropening. We bleven zo nog twee uur praten.

Zes weken later kreeg ik een uitnodiging voor haar begrafenis. Haar lichaam was eindelijk vrijgegeven en naar Nederland verscheept. Auto-ongeluk. Dat was nooit gebeurd als ik erbij was geweest, dan waren we nooit op hetzelfde moment als die vrachtwagen in de bocht op een berghelling verschenen. We waren er allang voorbij geweest, of moesten er nog komen. Ik gaf mezelf niet de schuld van haar dood. Ik berekende gewoon het toeval. En dat dit toevallig niet gebeurd zou zijn als ik er wél bij was geweest.

Mijn neef Ron ging zelf dood. Vette pech. Dat kwam door een prostituee met een plekje. Zij was een vriendin van hem geweest. Hij had niet eens betaald voor zijn eigen dood. De dag van haar begrafenis ging hij ook maar eens naar de dokter. En twee jaar later mocht ik mijn eerste begrafenistoespraak houden. Hij was mijn neef, mijn beste vriend en grote voorbeeld. Hij toerde met de groten der Lage Landen, was roadmanager.

Hij had me op een avond opgebeld. Dat hij had gehoord dat

ik de bassist van Soul Solution in elkaar had gemept. Ik bekende. Die lul had maar doorgezanikt over dat mijn neef aids zou hebben. 'Dat had-ie ook,' zei mijn neef. En excuses dat het er niet van was gekomen het mij te vertellen, maar op de een of andere manier had hij de juiste woorden nog niet kunnen vinden. Of ik langs wilde komen.

Het was elf uur 's avonds, maar de portier zou mij wel opendoen. Portier? Ja. Van het ziekenhuis.

Zelden zoveel gelachen als naast zijn bed. Hij had een kamer voor zich alleen.

'Hoe heb je dat voor elkaar gekregen?' vroeg ik.

'Gewoon, aan de man in het bed naast me belangstellend gevraagd of hij soms ook aids had?'

Het was 1993. Men wist toen nog van niets. Zeker niet van een medicijn. In de koelkast stond een klein flesje met een melkachtig drankje. Als de pijn te erg zou worden, kon hij er zelf uitstappen.

Naarmate duidelijker werd dat 1994 halen voor Ron al een heel punt zou worden, reed ik de auto tot voor de deur van het ziekenhuis en rende mijn neef in zijn pyjama naar buiten. Terwijl ik de snelweg op stuurde, kleedde hij zich om in de kleren die ik warm genoeg vond voor zijn magere lijf. Even later zaten we in het Olympisch Stadion in de stromende regen naar Ajax te kijken. Hij van top tot teen genietend in een zuurstokroze skipak. Ik was niet zo dapper als ik zou willen, schrok van elke hoestbui.

Later werd Ron blind en moest ik thuis vanaf de bank aan de telefoon vertellen wat Van Gaal aan het doen was. Daaruit kon hij beter het verloop van de wedstrijd bepalen dan via het radiocommentaar. Bij de opnames van mijn eerste single heeft hij nog achter de opnametafel gezeten. Toen het nummer erop stond, zei hij: 'Op mijn begrafenis komen alle hotemetoten uit de platenbusiness. Mag jij raden welk nummer ik laat draaien!'

'Ik kan niet wachten,' had ik geantwoord. Om vervolgens een halfuur zijn hoestbui uit zijn rug te kloppen.

Te veel. Mijn broer, mijn neef, vriendinnen, vrienden, familie. Zoveel dat iemand eens zei: 'Ze moeten jou wel hebben, hè.' Waarop Bob, die het toevallig opving, gevat zei: 'Ze moeten hem steeds net niet hebben, volgens mij.' Ook waar. Maar als je zorgt dat er niet te veel te verbranden is, hoef je ook niet steeds bij het vuur te staan.

Ik heb zoveel mensen verloren dat ik vrienden voorzichtig kies. Elke nieuwe persoon in mijn leven is in potentie gewoon weer een begrafenisspeech in wording.

Ik steek de sigaret op. Mocht meneer Crow Greene het straks een onoverkomelijk probleem vinden dat ik een peuk heb gepikt, dan zal ik een nieuw pakje voor hem kopen. Een slof. Ik ben even stoned van de eerste trekjes. Voor iemand die tot vorige week nog aan de coke was, komt dit peukje wel hard binnen. Daarna val ik voorover in het zand. Even liggen, in de zon. Tukje doen. Maar ergens weet ik dat ik niet geheel vrijwillig voorover gedonderd ben. Een junk van likmevestje ben ik.

Als ik weer bijkom zit Crow Greene op de plek waar ik vandaan ben gevallen. Uren geleden, want het is gaan schemeren en mijn tuimeling moet even na tweeën hebben plaatsgevonden. Op zijn rechterbeen ligt het hoofd van Roadie, die mij rustig aankijkt. Hé dude, zie je hem denken. Hé dude, back to you. Hoe is het?

'Ze is in orde,' zegt Crow, 'geen rabiës.'

Wat een opluchting! Ik voel me heel goed.

'Jij voelt je wel lekker zeker?' vraagt Crow.

Ik grijns dat hij gelijk heeft.

'Morfine.'

Ik hoor hem wel, maar ik krijg niets gezegd.

'Je hebt morfine gerookt,' zegt hij nog maar eens.

Ik ga rechtop zitten en laat het fijne witte zand lekker op mijn blouse zitten. Mooi zand op een blouse is nooit weg. Ik heb geen last van zand op mijn blouse. Lekker laten zitten. Op mijn billen zittend sleep ik me naar de veranda en leun er zachtjes tegenaan. Heel langzaam. Geen idee waarom, maar er is geen enkele reden om het gehaast te doen.

We kijken nu allemaal dezelfde kant op. Crow, Roadie en ik. Nu zie ik waarom de straten zo raar lagen. Iedereen kan de zee zien. Elk huis kijkt naar een stuk zee. En ik zak weer een beetje weg.

'Slaap nog maar even, het is binnen een uur uitgewerkt.'

Het is acht uur 's avonds en de zon is weg. Ik heb nog vier uur geslapen en voel me supersterk. Roadie ziet er ook beter uit dan ooit en heeft geen hondsdolheid. Wel artritis.

'Hij is natuurlijk ook wel oud, daarom vliegen we niet maar rijden we.'

'Zij.'

'Sorry?'

'Maar ze is inderdaad heel oud, ouder dan ik.' Crow lacht.

Roadie is een zij?

Crow is uitgelachen en kijkt met een wantrouwend oog naar het blikje met de morfinesigaretten. Heeft hij er toen ik lag te slapen stiekem ook één gerookt?

'Zoals ik al zei, ze is al heel oud.' Crow gaat verzitten. 'Tot vijf jaar terug gaf ik les aan John Hopkins...'

Ha! Hij wel! Ja, hoor. Ik moet lachen.

'Waarom is dat grappig?

Ik hik een halve lach weg en stop meteen. 'Nou... tja... omdat u net zei dat u dus... Zesentachtig bent... En als u vijf jaar geleden nog lesgaf op een Ivy League-universiteit... wat natuurlijk kan, omdat u waarschijnlijk heel goed bent... is dat helemaal niet grappig nee, excuus.' En met mijn gezicht probeer ik ook een soort van excuus uit te drukken. Ik heb niet al mijn spieren onder controle, merk ik.

'Unalachtigo,' zegt Crow.

Prima. Ik heb geen idee wat hij bedoelt, maar ik heb iets fout gedaan.

'Lenape.'

Fijn, wat hij wil. Het spijt me.

'Unami, ik.'

'Meneer Crow, of Greene, het spijt me, ik wilde u niet beledigen. Natuurlijk kunt u...'

'Indiaan! Ik. Daarom dacht je dat ik rechtstreeks van een paard op het terras ben gaan zitten en tussendoor alleen maar een beetje gevochten heb met generaal Custer. Toch?'

Nou ja, niet precies zo, maar ik moet toegeven dat ik die beelden eerder in mijn hoofd had dan van deze broze man in een tweed ribje lesgevend aan Amerikaanse kauwgum kauwende extreem knappe studenten. (Ze zijn altijd knap, die studenten in Amerika. In films, maar in mijn hoofd dus ook. Door die films.)

'Het spijt me, u hebt gelijk.'

'No biggie,' zegt hij. 'Ik heb altijd biologie gegeven, prachtig vak. Toen ik zeventien was ging ik al naar John Hopkins... op mijn paard!'

En nu lachen we allebei.

'Serieus! Ik reed op mijn paard naar de universiteit en liep het eerste het beste auditorium in, ging zitten en studeerde vier jaar later af. Vijf jaar later gaf ik er les. De indiaan.'

'Jullie weten natuurlijk het een en ander van de natuur, uit ervaring,' gooi ik nog maar eens wat olie op het racistische vuur. Ik haast me om het uit te leggen. 'Toch? Ik kom uit de polder, polderjochie. Altijd varen in de zomer, en zwemmen, ik ken elke vissoort die je daar vangt. Ik ken vijf verschillende soorten riet, en schaatsen, altijd schaatsen. Weet u wat schaatsen is? Met ijzers onder je voeten heel snel over het ijs. Of langzaam, als je het niet kunt. Of ertussenin. Alle vogels ken ik. Omdat ik er middenin leefde. Dat bedoel ik.'

'Rustig maar, jongen. Ik begrijp je wel.' En dan serieuzer: 'Maar wanneer viel het je voor het eerst op dat je hond moeite had met lopen?'

Ik heb geen idee. Het was me eerlijk gezegd nog niet opgevallen. Ik ken geen honden, misschien liepen ze altijd zo? Ik leg hem uit dat het niet echt mijn hond is. Een leenhond. Een levend pakketje, is een betere benaming misschien. Zo heb ik hem tot nu toe gezien. Haar! Zo heb ik haar gezien, zolang als we nu samen op reis zijn.

'Ze loopt moeilijk. Beide voorpoten, maar vooral links. Haar gewrichten zijn versleten. Het kraakbeen slijt weg. En dat groeit niet meer aan. Want de cellen die kraakbeen kunnen maken, komen daar niet meer. Mijn collega en ik hebben een manier gevonden om de cellen die dat kraakbeen kunnen maken, daar weer te krijgen. Uit een beetje vet van de hond nemen we de stamcellen. Die activeren we met een speciaal uv-licht. Binnen een paar uur heb je miljoenen actieve cellen. Dan spuit je het serum gewoon rechtstreeks het gewricht in. En al die stamcellen denken dan: kraakbeen maken.'

Ik sta versteld, en luister ademloos.

Crow Greene, Dennis M. Lox en een Nederlander, wiens naam ik hier niet zal noemen om hem te beschermen, gaan de medische wereld voorgoed veranderen, dat is me wel duidelijk. We besluiten aan de slag te gaan, Crow en ik. Wat hebben we te verliezen?

De procedure is zo simpel dat ik, polderboy, mag assisteren. Crow neemt een beetje vet uit Roadies buik weg, gewoon met een naald. Hij legt het in een petrischaaltje onder een uv-lamp. Vier uur wachten.

En terwijl ik Roadie vasthoud, spuit Crow het spul vervolgens in haar voorpoten.

'Hoelang duurt het voor ze beter gaat lopen?' vraag ik, de man die haar niet eens slecht had zien lopen *in the first place*.

'Dag of veertien, meer niet.' Crow gaat weer in de schommelstoel op zijn veranda zitten.

'Tien misschien, ze is fit voor haar leeftijd. Ik ga heel even...' En hij slaapt al.

Wat zal ik eens gaan doen? Roadie is nog zwak van de operatie, ik kan haar nu niet vervoeren. Ik kijk naar de zee, de sterren, de rust hier.

Er loopt een man langs, waggelend. Hij zingt een lied. Ik heb de hele dag nog geen andere mensen gezien, besef ik. Waar komt die man zo vrolijk vandaan? Daar wil ik wel even kijken. De Hook'em & Cook'em, natuurlijk. Daar is het te doen. Maar mijn lijf blijft nog even zitten.

16.

'Geen sprake van!' Crow Greene is zeer duidelijk. Maar ik heb niets te verliezen.

We zitten in de Hook'em & Cook'em, binnen, aan de bar. Het is een zomeravond om in te lijsten, maar we hebben onze redenen om binnen te zitten. Tenminste, Crow had een heel goede reden en ik ben het ermee eens. De eigenaren van het restaurant hebben alle toeristen al uren geleden uitgezwaaid en zijn nu zelf hun beste klant. Crow is welkom, ik ook, maar het idee dat we ook buiten bediend kunnen worden, is niet bij ze opgekomen. Al is het alleen maar omdat ze teut als kanonnen elkaar geld af zitten te pokeren. Geestig gezicht: één broodmager obertje, een klassiek dikke, zwaar behaarde en dan gek genoeg toch niet met veel textiel bedekte kok, en meneer en mevrouw de eigenaren. Amerikaans welvaren in al zijn clichés. Zo zacht en rond als smeltende marshmallows. Inclusief de wit-roze kleur. Ik hou er wel van, als ik het zelf maar niet ben.

Crow was om halftwaalf wakker geworden en eigenlijk zonder op of om te kijken naar het restaurant gegleden. Crow loopt niet. Tenminste, ik vermoed van wel hoor, maar door die enorme jas die tot net boven de grond reikt, lijkt het alsof hij glijdt. Star Warstypetje. En hij is kind aan huis hier. Als we bier willen, tapt hij vanaf zijn kruk en krast vervolgens twee nieuwe streepjes op het viltje. Het viltje ligt meer naar mijn kant dan naar die van hem. Dat wordt betalen, vermoed ik. Geeft niet.

Ik heb nog Tom Holkenborg-geld.

Maar mij ook inspuiten, daar heeft hij geen zin in.

'Waarom niet?' vraag ik voor de tiende keer. 'Wat heb je te verliezen? Ik teken elke *quit claim* die je maar wilt.'

Crow blijft bij zijn verhaal. Het kan niet, hij heeft de methode nog nooit op mensen toegegepast, het is bloedlink. Misschien helpt het maar even bij honden, dat weet Crow nog niet, honden gaan veel eerder dood dan mensen. Bovendien kan een hond niet zeggen dat hij nog steeds pijn heeft. En belangrijker nog: een hond kan hem dus ook niet aanklagen.

'We weten nog niets, niet of het echt werkt.'

'Maar je hebt het zien werken?'

'Ja, en er zijn nog geen klachten geweest. Maar dat was op honden. Dus mijn antwoord op jouw vraag blijft: nee, geen sprake van.'

En dat is de vertaling van *absolutely not*. Wat nog sterker klinkt.

Ik heb al veertien jaar last van mijn elleboog. Ik ben ooit gevallen tijdens het snowboarden. O, denk je nu vast, snowboard jij dan? Nee, absolutely not! Ik was met mijn gezin op wintersport, met mijn ouders als oppas, want die snowboarden ook niet. Mijn toen vierjarige zoon evenmin, alleen mijn ex snowboardde. Waarom we dan niet in de Caraïben op een strandbed lagen? Omdat Ex nogal overtuigend kon zijn. Laat ik het, ook op advies van de rechter, daar maar bij laten. Dus mijn ouders en ik wandelden met mijn zoon door de sneeuw, leuk, mooi, genieten. Lachen om het bordje VERBODEN TE ZWEMMEN dat parmantig uit het besneeuwde ijsmeer stak.

Ik ging wel af en toe skiën. Als het niet te stoer hoeft, binnen de piste graag, en met een sukkelgangetje, vind ik dat wel leuk. En elke dag zei mijn ex: 'Je móét snowboarden! Probeer het één keer. Je wilt daarna nooit meer skiën.' Daar heeft ze wel gelijk in gekregen, maar om heel andere redenen dan ze dacht. Ik had in haar bijzijn de ruggengraat van een pak warme stroopwafels, dus op de laatste dag, de ochtend voor vertrek, ging ik overstag. Ik stond boven aan een piste met eenzelfde zwart-grauwe kleur van angst als het pistebordje. Ik draaide me om, wilde haar vragen hoe het ook al weer zat met een zwarte piste, maar nog voor ik iets kon zeggen duwde ze me speels de heuvel af. Dat speels weet ik nog. Niet dat ik me dat herinner, maar omdat ze dat woord bezigde tegen het ambulancepersoneel: 'Ik duwde hem gewoon speels de heuvel af,' en iedereen knikte begrijpend. Zelfs ik.

Ik was naar beneden gestuiterd. Niet gevallen. Vanaf de derde meter was ik gaan stuiteren. De eerste meters gleed ik, als een stripfiguur met één been vastgebonden aan een veel te gladde plank. De vrije voet gleed voor de andere langs, stak diep in de sneeuw en lanceerde mij een meter of driehonderd de lucht in. Tijdens een van mijn omwentelingen zag ik mijn ouders met zoon op het terras van het hotel beneden aan de piste zitten. Een serveerster bracht ze net warme chocolademelk met slagroom. En ik weet nog dat ik dacht: als je jong bent, weet je niet hoeveel calorieën erin zitten en als je oud bent maakt het je niet meer uit.

Ik stevende af op de bruine, zwaar in de carbolineum staande palen van het restaurant. Mijn moeder zou later nog zeggen: 'Ik dacht dat ik je zag, maar jij snowboardt niet, dus dat kon jij niet zijn.' Gelukkig ramde ik alleen met mijn rechterarm tegen een paal. De rest van mijn lijf verdween met een prachtige pirouette in het *maison poubelle*; het 'huisje waar men vuilnis verzamelt'. Sinaasappelschillen, ja. Maar ook luiers en half verrotte stukken vlees met bot, en dat eispul dat voor roerei moet doorgaan.

Het deed niet dusdanig pijn dat ik meteen naar het ziekenhuis moest, en Ex dacht niet dat het gebroken was, dus de ambulancebroeders ook niet. Nee, dan konden we beter toch gewoon onze snowboardspullen inleveren, onze koffers inpakken en de vlucht halen. 'Daar hebben ze aspirine voor uitgevonden,' lachte Ex en het personeel van het ziekenhuiswagentje wist wat het te doen stond. Hartelijk lachten ze met Ex mee.

Dus zes aspirines erin en mijn zoon op mijn andere arm. Twee dagen later meldde ik me bij het AMC om te horen dat als ik mijn arm meteen had laten zetten het kraakbeen niet zo los was gaan zitten. Ze zouden doen wat ze konden, maar als het later zou gaan zwerven, *loose bodies* zou gaan vormen, dan wist ik waar het van kwam.

Twee jaar later ging het kraakbeen zwerven. Eerst één stukje. Eén operatie. Toen de helft zowat, tweede operatie. En bij de derde operatie werd de rest verwijderd. Gelukkig konden ze het allemaal via hetzelfde litteken doen, zei de arts. Nou, pak van mijn hart. En ik kreeg een pil, één per dag.

'Past u wel een beetje op met drank,' had de verpleegster gezegd toen ze het recept overhandigde. Mijn reputatie was toen al groeiende, evenals mijn pens.

'Waarom?' had de toevallig precies op dat moment langs wandelende arts gevraagd. 'Het werkt juist uitstekend tegen een kater.' Dus ik ging nog blij naar buiten ook. Ze maken ze niet veel dommer dan ik.

Gitaarspelen deed soms zo'n pijn dat ik na elk nummer mijn elleboog achter mijn rug moest kraken. Dan nam ik 's avonds in de tourbus een extra pil en een extra flesje wit, en was de pijn weg, samen met mijn dictie en mijn gave tot een coherent verhaal.

Er kwam een ijsmachine in de kleedkamer om mijn arm te behandelen na de show en handig genoeg kon ik daar, als ik de klep van het ijsreservoir open liet staan, precies een flesje wijn rechtop in koelen. Ik werd een alcoholist omdat mijn ex maar bleef aandringen ook eens te gaan snowboarden. Zo was het! Zo was het niet, natuurlijk. Maar toch, voor het snowboardincident dronk ik bier.

Nu zit ik bier te drinken met een oude indiaan in een veel te grote jas. Ik zou wel van die arm af willen, maar Crow wil niet. Al lijkt hij me geen man die alles volgens de regels doet, maar juist zijn eigen plan trekt. Ik besluit tot de wet van mijn joodse broer. Het is niet echt mijn broer, want ik ben niet joods. Deze wijze man leerde mij de wet die mij tot nu toe gaf wat ik wilde. In alles.

Bepaal eerst je einddoel, zorg dat je weet waar je uit wilt komen, wat je wilt bereiken. En redeneer dan naar het moment waar je nu zit.

Het werkt. Geloof me. Voorbeeld: je zit in een bar in Delaware met een stokoude indiaan bier te hijsen. De oude man kan iets waar jij al twaalf jaar naar verlangt, namelijk de pijn in je arm weghalen. Hij weigert dit echter. Waarom? Dat is logisch, het zal wel strafbaar zijn. Hoe krijg je de indiaan zover iets te doen wat strafbaar is? Door hem te laten denken dat er iets voor hem in zit.

'Wat ga je met al dat geld doen als je patent erdoor komt?' Ik vraag het een beetje achteloos over de hals van mijn halflege fles Sam Adams heen. Alsof ik ook maar wat zit te babbelen. In werkelijkheid heeft het plan zijn aanvang genomen, de wedstrijd is begonnen. En *the indian is going down*, sorry Crow.

'Land kopen.'

'Land kopen.' Niet vragend, gewoon herhalend. Dit is belangrijk voor hem, dus als ik niets vraag zal hij verder praten.

'Land terugkopen.'

Ik knik. Crow gaat land terugkopen. Indianenproblematiek.

Wie weet daar niet iets van? Dit is zijn stokpaardje, eigenlijk van elke indiaan. Sinds ze zich van het echte beest af lieten schieten en werden omgekocht met vuurwater is dit alles waar hun leven om draait. Hun land is gestolen door de blanke man die van de schepen kwam en nu willen ze het terug. Manhattan werd verkocht aan de Nederlanders voor een handvol dekens en huisraad, alleen maar omdat de dienstdoende indiaan geen idee had wat er aan de hand was. Die gekke man wilde zijn land kopen. Dat kon toch niet? Land was niet van iemand. Dat was van de *great spirit*. Dat kon de indiaan net zomin verkopen als de blanke man kopen. Maar een deken was een leuk cadeautje voor moeder de squaw. De Nederlanders verkochten het weer aan de Engelsen. De Engelsen dachten: mooi, koopje! Toen ze het land wilden gaan bebouwen, kwamen de indianen de volgende dag doodleuk terug om weer over het land te rijden dat ze net verkocht hadden. Maar dat was niet de bedoeling, zeiden de Engelsen. Ze bouwden hoge scherp gepunte schuttingen en de indianen die niet vanzelf aan de griep wensten te creperen, werden vanachter deze rare vaste muren van hun paard geblazen. En dit was het begin van de nare achilleshiel die de meeste indianen nog steeds doet strompelen. Toegegeven, veel stammen hebben geweldig handig gebruikgemaakt van het feit dat ze casino's mogen bouwen en runnen zonder belasting over de winst te betalen. Maar dat zijn een paar stammen, een paar léden van stammen. Al die andere duizenden stammen zijn weg, door griep, kogels, drank, dood.

Terwijl ik het hier vertel, vertelt Crow het aan mij. 'Een schande is het,' zeg ik, en ik meen het. Ik ben niet overal een eikel in.

'Het Delaware Seashore State Park. Zo heet het. Toen ik er geboren werd heette het Unalachtigo. Waarom? vraag jij je af.' Crow kijkt me aan, maar ik weet dondersgoed dat het retorisch bedoeld is. En let op: ook als je het antwoord al weet, niets zeggen. Onthoud waar je uit wilt komen. Daar kom je niet door kennis te spuien, daar kom je door de ander te laten praten. En meer te laten zeggen dan hij aanvankelijk van plan was. Zodat jij weet waar je zijn moet. 'Omdat wij, Unalachtigo, daar woonden! Waar wonen New Yorkers?

'New York.' Makkie.

'Waar wonen de Hollanders?'

Braaf zeg ik 'Holland'. Ik weet dat dit haaks lijkt te staan op wat ik net beweerde, geen kennis spuien, maar dat is niet zo. We zijn nu een fase verder. De spuier haalt zijn gelijk binnen. En jij helpt.

'De Unalachtigo...' Hier is het zaak de naam goed uit te spreken. Het is een belangrijk puntje voor de spuier en het is nu niet gepast om grappen te maken als: 'Maar ja, met zo'n naam maak je het jezelf ook wel een beetje lastig natuurlijk.' Niet doen!

'De Unalachtigo woonden op de plek waar nu het State Park is,' zeg ik.

'Precies!' zegt Crow.

Dus hij gaat het State Park terugkopen. En nog veel meer land. Dat ook allemaal van zijn stam is geweest. Prima plan. Duur grapje. En daar is onze oplossing. Ik wist het ook niet, toen we hieraan begonnen. Dat is het mooie ervan. Er gaan er straks twee gelukkig worden! Nu binnenhalen. Hook'em and cook'em.

'En honden behandelen tegen artritis levert genoeg op om de halve kust van Delaware op te kopen?'

Natuurlijk niet, dat weet ik ook wel, maar het is aan hem om dat in te zien, niet aan jou om dat in te wrijven.

Crow laat met zijn gebogen schouders zien dat hij daar ook weleens aan twijfelt, maar herstelt zich snel: 'Genoeg om een begin te maken. Ik koop het park en ik sluit het meteen. Mijn land! Niemand mag erop, behalve Unalachtigo. Die mogen er gratis wonen.'

'Crow... Het is een fantastisch idee. En eerlijk is eerlijk, met deze behandelmethode zit je op een goudmijn. Geen hond zal meer artritis hoeven hebben. Hoeveel honden zijn er op de wereld?'

Crow denkt na. Hij is van zijn à propos, want nu moet hij ineens een vraag beantwoorden. Hoeveel honden? Weet hij het. Veel.

'Eén miljard!' Hij kijkt dronken blij want als het waar is gaat hij steenrijk worden.

'Precies,' zeg ik, 'minstens! Maar die krijgen natuurlijk niet allemaal artritis. En de meeste zijn zwerfhonden, die niet eens een baasje hebben dat ze naar de dokter brengt met: "Hij loopt een beetje moeilijk."' Ik kijk bedenkelijk nu. We zijn op een probleem gestuit. 'Als hij moeilijk loopt in het wild is hij alleen maar onderweg naar het bord van een sterker beest. Dus het zijn er geen miljard. Geeft ook niet. Want waar zijn er wel heel veel van? Waar zijn er zelfs wel zes miljard van, die allemaal in staat zijn om zelf tegen de dokter te zeggen: "Ik loop zo moeilijk."'

Zaak is nu dat je niet belerend overkomt, maar enthousiast. Je helpt iemand met een goed plan aan een beter plan. Beter waarom? Omdat jij er dan ook iets aan hebt. Maar hij moet denken dat het nóg beter voor hém is.

Ergens weet Crow nu ook wel dat hij genaaid wordt. Hoe dronken hij ook is, hij weet best dat we een uur geleden nog schreeuw-fluisterend tegenover elkaar zaten, over hetzelfde onderwerp. Maar zoals we het nu samen geschetst hebben, had hij het nog niet bekeken. Nu is toch de deur opengezet naar een grotere droom.

In een toekomst die we samen hebben gefantaseerd, zien we heel duidelijk de oude indiaan Crow naar de bank lopen. Het land kopen. Handen schuddend met de directeur van de bank. De gouverneur van Delaware, die zijn ambtsketen overdraagt aan Crow, die zich lachend omdraait naar de pers om ze vervolgens met een simpele handbeweging weg te sturen, weg van zijn land. Iedereen Delaware uit! En op alle uitvalswegen van Delaware zien we een grote stroom auto's, bekleed met matrassen en tassen vol huisraad en kleding, de staat verlaten. Tegelijkertijd komen er mensen richting Delaware. Richting Unalachtigo. Mensen te paard, in de originele kleuren van de Unalachtigo. Ze trekken terug naar hun land, komen thuis. Bulldozers leggen de huizen plat, te beginnen met de Hook'em & Cook'em, en de natuur vindt haar weg weer. Bij de rivier spelen weer indianenkinderen, squaws doen de was, en de oude en wijze stamhoofden gaven Crow Greene de allerhoogste eer. Welke dat is zegt hij niet, en ik vraag het niet. Ik begrijp sowieso wel dat iemand die de klok vierhonderd jaar kan terugdraaien, in zijn eigen wereld een vrij hoge pief zal worden.

Crow en ik staren als kinderen die stiekem door de deur van de bioscoopzaal kijken naar deze prachtige film in de toekomst. Kijk daar, Crow, de bizons! De bizons zijn terug! Tatanga, wijst Crow mij vriendelijk terecht. Kinderen rennen naar het dorp, boven aan de rivier. 'Tatanga, Tatanga,' roepen ze en de dapperste krijgers zitten al op hun appaloosapaarden om te gaan jagen. En precies genoeg voor de stam, hè, niet zomaar doodschieten, zoals de witte man deed.

Kijk Crow eens genieten! Dat heeft hij toch maar mooi voor elkaar gekregen. Nu moet ik de deur van de bioscoopzaal naar de toekomst een beetje dichtdoen. Want we zijn er nog niet. Het is haalbaar, deze prachtige film, dat zien we allebei. Maar Crow moet natuurlijk wel de stap durven maken.

Ik zucht diep. Onhaalbaar, zegt mijn zucht, waarmee ik de deur nog verder dicht laat vallen. Crow schrikt. Hij ziet zijn droom bijna niet meer. Hoe kan dat? Wat moet hij doen? Hier zit ik, vriend, hier zit je antwoord, je oplossing. Ik leg zonder iets te zeggen mijn elleboog met het litteken op de bar. Ogenschijnlijk om mijn bier vast te houden, maar zeer goed in het zicht.

'We gaan,' zegt hij ineens. Zijn flesje bier knalt op de bar. Dollars worden lukraak op het viltje met daarop de stand van de avond gegooid.

We waggelen terug naar zijn huis. Een lege straat, een volle maan. Roadie ligt nog steeds prinsheerlijk te slapen, zij het niet meer op het kale hout, maar lekker in de schommelstoel. Die weet zichzelf wel te verwennen. Crow bukt en pakt het blik met de sigaretten.

'Eén trekje is genoeg,' zegt Crow. 'Doe je shirt uit.'

In het maanlicht aan de kust van Delaware staat 123 kilo lillend wit vlees aan een morfinesigaret te trekken alsof het een te dikke milkshake betreft. Ik zie het al niet meer. Ik zweef boven de Delaware Seashore State Park-camping en vlieg over zee.

17.

Ik wil naar Savannah, maar ik ga het niet halen. Ik voel het. Het schemert al en ik rij over een kustweg met een gangetje van 40 mijl per uur. En dat al een uur lang. Ik trap het gas in, maar het schiet voor geen meter op. Aan de auto ligt het niet, de auto is perfect. Zelfs Roadie kijkt op van de bijrijdersstoel of het vandaag nog gaat gebeuren. Ik weet het, hond, maar mijn lijf doet raar.

De operatie ging zo goed dat het geen operatie zou mogen heten. Spuit in mijn verdoofde lijf, bij de buik, vet zat en in no time was er een prachtig buisje vloeibaar vet uit mijn lijf getrokken. Op het moment dat het tijd was om de stamcellen in mijn elleboog te spuiten, werd ik even wakker van de prik.

Vanochtend ontwaakte ik om zes uur, Roadie was al op, Crow sliep op de schommel op de veranda. Het was een schitterende dag en ik voelde me uitstekend. Ik stond stijf van de zin in het leven, krachtig en allang niet meer zo vies dik als toen ik van de boot kwam.

Ik was naar de auto gelopen, twee straten terug, naast het restaurant, maar eenmaal daar aangekomen had ik zoveel energie opgebouwd dat ik mijn T-shirt in de auto had gegooid en op blote voeten over het strand was gaan rennen. Het zal er vast niet zo fraai uitgezien hebben als ik me voelde, maar als u gezien had hoe ik me voelde dan had u gedacht: hé, Matthew McConaughey die nonchalant een stukje jogt. Leuke vent.

Een uurtje later was ik terug bij de auto. Gezwommen had ik ook nog. Ik trok mijn shirt aan, reed de auto naar Crows huis, bedankte hem hartelijk en beloofde dat ik om de week iets van me zou laten horen.

Ik stuurde Roadie van de bestuurdersplaats en besloot dat we vandaag makkelijk Savannah zouden moeten kunnen halen. 300 of 400 miles, ik had niet eens de behoefte om het uit te rekenen, we gingen het halen. Ramen open, allemaal. Laat die wind maar lekker door ons haar gaan. Alsof het een cabriolet was. Ik kocht water, fruit en noten, gezonde dingen. Ik was van plan te vasten. Afvallen. Als je deze energie toch eens vast kon houden, omdat je niet al die kilo's mee moest zeulen, praatte ik in mezelf. Hele talkshows deed ik. Dr. Phil.

Ik zit in zo'n veel te grote stoel tegenover Phil en zak helemaal weg in dat ding. Dat komt omdat ik zoveel afgevallen ben. Ongelooflijk. Ook het studiopubliek is er stil van. Zoveel? Ja mensen, zoveel! Meesterlijke vondst trouwens, hoor, om het meubilair te groot te maken. Dan vallen al die gasten niet alleen maar op omdat ze zo Amerikaans dik zijn. Want deze Amerikanen hebben natuurlijk ook andere problemen. Man gaat vreemd bij het leven, of vrouw heeft de hele gated community *inmiddels achter de klikobakken afgezogen, inclusief de meeste dames. Dochters zijn aan de drugs en wensen hun ouders dood. Broers die hun zussen vermoord hebben. Dr. Phil zou deze mensen weleens even vragen wie of ze wel niet dachten dat ze waren zeg! Dat deed je toch niet? Weet je hoeveel verdriet je je vader daarmee hebt gedaan? Met wie moet hij nou incest plegen, zodat je moeder in de volgende uitzending kan zitten?*

Maar nu zit ik er. Mijn voorruit een gigantische televisie. Mijn afgevallen benen slingeren opgewonden heen en weer op de grote stoel als Dr. Phil me vraagt of ik wel weet hoeveel ik eigenlijk ben afgevallen. Nee, doe ik bescheiden, wat kilo's? Wat kilo's?! Dr. Phil lacht smake-

lijk om mijn valse bescheidenheid. Na de commercial break zal hij eens visualiseren hoeveel ik ben afgevallen. We mogen nergens heen, want hij is zo weer terug.

En daar zijn we al weer. Een hele samenvatting van het voorafgaande kwartier komt in veertien minuten voorbij en we kunnen verder met het programma. Nu gaat hij laten zien hoeveel ik ben afgevallen. Daar gaan de studiodeuren al een klein beetje open. Weet ik echt niet hoeveel ik ben afgevallen? Weet ik écht niet hoeveel ik ben afgevallen? Ik ben maar liefst zesentwintigduizend Big Macs afgevallen! En daar lopen prachtige meiden met gigantische schalen vol hamburgers de studiovloer op. Het publiek gilt het uit van verbazing. En van lekkere trek, neem ik aan. Dr. Phil is nog lang niet klaar! Ik ben maar liefst vijfduizend slaapzakken afgevallen! Ik ben driehonderd pakken Wonder Bread kwijtgeraakt. Dr. Phil weet dat hij er nu de sokken in moet zetten, want zelfs de domste mensen hebben nu wel zo'n beetje door dat ik enorm ben afgevallen. Bovendien doemt het nieuwe reclameblok alweer op. Ik ben net zoveel afgevallen als... zijn vrouw! En daar trippelt zijn vrouw de studio in. Het publiek staat op de banken. Vrouwtje Phil weegt kennelijk 50 kilo. We staan allemaal op. Ik spring van mijn hoge stoel af en kus vrouwtje Phil op beide wangen. Zij doet of ze me kust en haalt dan haar tong over mijn neus. Gadverdamme, vrouwtje Phil, hou daar eens mee op!

Als ik één oog open heb, omdat twee te veel en te fel blijkt, zie ik een bloemenmeisje. Zo'n hippieachtige verschijning als in *Hair*. Height Ashbury aan het strand. De zon achter haar hoofd en de blonde haren die het licht doorlaten. Veel licht, waardoor ik haar gezicht slechts in vage potloodstrepen kan zien. Haar natte hand op mijn voorhoofd. Waarom ligt de natte hand van deze mevrouw op mijn voorhoofd? De hand gaat weg, en komt nog natter terug. Kennelijk heeft ze de zee bij zich. Ik schiet rechtovereind en draai mijn hoofd alle kanten op. Niet slim. Ik heb niet gedronken, maar het voelt exact hetzelfde. Ik ben van de weg gereden, realiseer ik me.

In de verte zie ik Roadie in de branding spelen. Met de branding. Als de golven op haar afkomen schiet ze weg en daarna dwingt ze het water terug de oceaan in. Nu pas voel ik dat de auto scheef staat. De neus veel te ver naar beneden. Het rechterachterwiel zelfs los van de grond. Ik heb het zachtste verkeersongeluk ooit veroorzaakt. In een sukkelgang ben ik te veel naar links gereden, het zand in, de duin af en tot stilstand gekomen. Kate, zo heet het meisje. Ze heeft het allemaal gezien. Vanaf het punt daar, bij de vuurtoren, tot mijn onvrijwillig stoppen, hier. Omdat ik zo langzaam reed, zegt ze.

Ik stap uit en het lijkt alsof de auto ademhaalt om vervolgens toch maar verder de zandheuvel af te glijden. Kate trekt me weg bij de auto. Ik fluit naar Roadie. Het is voor het eerst dat ik dat doe, dus ze kijkt niet op of om. Ik verontschuldig me bij Kate en loop een stuk het strand op. Ik fluit weer. Roadie kijkt op, maar als Travis in *Taxi Driver*. Was I talking to her? Ze komt verbaasd op me af gedrenteld. Goeie drentel, valt me op, soepel. Die Crow. Ik voel aan mijn elleboog. Niets. Nog steeds hetzelfde. Het is ook nog maar één dag geleden.

Bij de auto teruggekomen staat Kate er nog steeds, met een emmertje. Ah, daar zat de zee in. Omdat ik niet weet wat ik moet zeggen, kijk ik maar in haar emmertje. Kokkels. Ik kan geen woord uitbrengen, mijn tong is te droog en de situatie te absurd. Ik knik naar haar. Mooie vrouw. Potverdrie, wat een knappe vrouw. Nu moet ik echt gaan.

Roadie springt op mijn stoel, maar begint een patroon te vermoeden en hupt meteen door naar haar eigen plek. Terwijl ik Kate aankijk, schakel ik de beide poken. Achteruit, alle wielen vast. Het gaat gelukkig net zo stoer als ik hoopte dat het zou gaan. Langzaam zet de auto zich in beweging en vecht zich vastberaden terug naar het asfalt. Ik knik weer. Kate zegt dat ik niet moet rijden, dat ik ziek ben. Ik knik weer. Dat moet er dom uitzien. Ze zegt dat het gevaarlijk is. Niet alleen voor mij maar ook voor de andere weggebruikers. Dat ik verstandig moet zijn. Ik staar haar aan in de hoop dat dat beter is dan weer te knikken. Het voelt nog dommer. Ze heeft een huis, daar, aan de overkant, zegt ze. Een pension. Blijf een nacht slapen.

Ik rij met eenzelfde slappe gang weg als ik gekomen ben. Ik kan niet harder. Ik draai de auto rechts tussen twee mooie grote huizen in. Gaan we landinwaarts, mij best. Roadie draait haar hoofd naar me toe. Ik kan niet harder, denk ik haar richting op.

De weg landinwaarts blijkt een oprit naar een van de twee huizen. Zo'n garage die precies 2 meter 5 hoog is. Standaardmaat voor garages van *beach houses*. Ik kom keurig midden in de garage tot stilstand. De voorruit verbrijzelt en glas komt op mijn schoot terecht, mijn haar en helemaal over de arme Roadie heen.

Stilte.

Achter ons, op de oprit, ligt het dak van de auto. De achteruitkijkspiegel ligt tussen Roadies voorpoten. Ik pak het ding en kijk naar achter. Ja. Het dak van de auto, achter ons, op de oprit.

18.

Ik waggel de auto uit, strompel het huis binnen en val op een grote rode bank in slaap. Vraag me niet waarom, maar ik weet dat Kate vanaf nu alles zal regelen. Dit voelt als een situatie waarin ik in een coma moet vallen, staat in het script, en dat een zojuist geïntroduceerd personage voor mij gaat zorgen. Miss Kate, *you're up*.

Ik slaap zes dagen. De eerste drie dagen onafgebroken, midden in de woonkamer op de rode bank. Om me heen schijnt het leven gebruist te hebben. Van de grote trap achter mij kwamen elke dag andere gasten naar beneden en die gingen hier, in de stoelen in de zithoek om me heen, hun krant lezen, ontbijten en plannen maken voor de dag. Drie dagen echt voor pampus, en drie dagen kennelijk soms opstaand om te plassen, me omdraaiend, uitrekkend, en doorslapend. Kate vertelt het me net. Een arts die hier ook logeert had haar aangeraden mij maar te laten. Ik ademde, zag eruit alsof ik wel een maaltijd kon missen. Maar hoe heb ik dan geplast? Het is onmogelijk dat ik zelf naar het toilet ben gelopen, ik weet niet eens waar dat is. Kate gebaart dat ze liever niet herinnerd wil worden aan het feit dat ik af en toe moest plassen. Dat probleem was opgelost en daarmee was de kous af.

Ik zie een deel van de oplossing. Ik heb een roze joggingbroek aan. Abercrombie & Fitch of zoiets. Zo'n heel dure oud gemaakte niksbroek. Maar Kate is niet zo groot als ik... en daar zie ik de eigenaresse van de broek al. Gigantisch bord vol salade voor haar hoofd. Ik ga rechtop zitten en vergaap me openlijk aan de manier van eten van deze... vrouw. Voorovergebogen, haar mond vlak bij de rand van het bord, zodat de salade een zo kort mogelijke tijd door het luchtledige hoeft te zweven voordat hij in het zwarte gat verdwijnt.

Behalve het briesje van buiten en het smakken van de vrouw is er verder geen geluid. De stem van Sir Attenborough klinkt: 'Except from the sound of the wind, this female is the only one in these woods making a sound. An eating sound, to annoy and irritate the others of her species so they'll stay away. This lady eats alone. Not even bothered by the comatose young fat male staring at her, paralyzed.'

Tussen twee schuiven voer door kijkt ze me vriendelijk aan. Goedemorgen. Lekker geslapen? Ik eet zo lekker. Dat zegt haar blik. Wat een lief mens. Ik knik zo vriendelijk mogelijk terug.

Ik voel me vreemd, maar wel goed. Drie dagen in coma, zegt Kate weer, met ook al zo'n zalige glimlach op haar gezicht. Af en toe had iemand gekeken of ik nog leefde, ademde of niet geplast had. Van de drie dagen daarna kan ik me wel vaag iets herinneren. Roadie aan mijn hoofdeinde. Constant. Als een waakhond. En soms een jongetje dat mijn ooglid optilde en met wat hij zag kennelijk tevreden was. Zoontje van Kate, begrijp ik nu. Casey.

Ik ben met mijn gedrogeerde neus in de southern boter gevallen. Ik ben nog niet echt in het zuiden, maar in Bald Head Island. Als ik niet rechtsaf was geslagen, was ik zo de zee in gereden. Je kunt niet verder hier. De auto! Ik sta op en stort meteen weer neer. Mijn auto, kijk ik naar mijn sla etende vriendin. Goedemorgen, kijkt ze weer vriendelijk terug.

10 kilo lichter, in een roze joggingbroek en met een bruin stokbroodje met sla en tomaat, zonder bacon, sta ik even later buiten in de tuin te kijken naar de auto. Die staat aan de straat-

kant. Tenminste, wat ervan over is. De straatkant is sowieso slordig en oud. Amerikanen hebben ooit, in de gouden jaren vijftig van de vorige eeuw, besloten geen wegenbelasting te heffen en dat zullen we weten ook. Mijn auto. Beter gezegd: de auto van de zoon van mevrouw Spinola. Die zal wel niet zo blij zijn dat zijn wagen veranderd is in de eerste Land Rover D110 Cabriolet. Gelukkig hebben de buurtkinderen de rest van de Land Rover gebruikt om hun creativiteit te uiten. Met zwarte edding hebben ze er allerlei taferelen op getekend: de kustlijn, spelende kinderen, bloemen, bomen. Mijn auto is een hippiekar geworden. Ik weet niet of ik nog high ben, maar ik vind het eigenlijk prachtig. Als die zoon boos wordt, koop ik wel een nieuwe voor hem.

'Waarom heeft een volwassen man een beugel?' zeurt Casey tegen zijn moeder. Die mag hem niet slaan natuurlijk, hippies slaan niet, maar ik zie dat ze het langzamerhand zat is. Het is de veertiende keer binnen een minuut dat hij het vraagt. Ze vermant zich en neemt een pilletje. Vast zeer homeopathisch verantwoord. Maar waarom hebben volwassen mannen ook al weer een beugel?

IJdelheid. Het was niet voor een film, het was niet omdat het moest. Geen medisch advies. Ik wilde gewoon weleens rechte tanden. En eigenlijk is dat ook niet waar. Maar als dit klaar is, hou ik misschien wel van mijn tanden. Of van een paar. Het is een begin.

Kate is werkelijk een schat. Er zit geen kwade vezel in haar. Zo iemand die niet scheldt als ze op haar duim slaat, maar 'O darn' zucht. Dat is vreemd. Onbetrouwbaar zelfs. Want de boel moet een keer ontploffen, natuurlijk. The Son of Sam schijnt ook zo'n welopgevoed kind te zijn geweest. Ted Bundy, ook al zo welbespraakt en charmant. Kate praat zacht, daar hou ik ook niet van. Mensen die zacht praten, dwingen je om je naar hen toe te buigen. Sta je al met één nul achter. Maar je moet wel, anders versta je ze niet. Ze beïnvloeden de sfeer. Alles moet rustig. Geen enthousiaste kreten bij het kijken van een honkbalwedstrijd, geen groot gebaar naar de mensen aan de andere kant van de straat. Alles zo gemoedelijk dat een langs vliegende vlinder niet gestoord zal worden in zijn baan. Die zin verzin ik niet, die komt van mijn sla etende personal kleedster. Die zei dat. Op mijn verzuchting: 'Die Kate is wel de rust zelve, zeg,' zei ze eerst. 'Ja, opdat de langs vliegende vlinder bla bla bla...' En toen: 'Daarom verblijf ik hier maar één week per jaar. Anders is ze er volgend jaar niet meer, omdat ik haar vermoord heb. En kan ik hier niet meer heen.' Ze zei het op eenzelfde zalvende toon als Kate praat. Ik mag haar meteen nog meer, Rose.

Kate verzorgt me al een week, geeft Roadie te eten en neemt hem elke dag mee uit wandelen. Ze heeft alle troep opgeruimd. Het dak van de Laro doet nu dienst als tuintafel. Recycling. Hippiechick. En nu neemt ze me in bed. Nu ik mijn lijf weer in beweging krijg, lopen we samen de trap op. Ik moet douchen, zegt ze. Zo zacht dat ik denk dat ze maar moeilijk uitademt. De woorden zijn als spookjes in de nacht haar mond uit gezweefd. Maar ik ben het wel met haar eens. Ik moet me hoognodig wassen. Ik stink een uur in de wind. Kate zegt er niets van, die veroordeelt iemand niet op lichaamsgeur. Mijn oksels plakken mijn armen stijf aan mijn lijf en in de kruisstreek wil ook het een en ander liever niet van elkaar gescheiden worden. In haar persoonlijke vertrekken aangekomen helpt ze me voorzichtig uit mijn kleren. Naakt maar niet bepaald ontevreden over wat ik zie, of beter, wat ik niet meer zie, sta ik een uur onder de douche. Mijn buik is half verdwenen. Er is nog een buik, zeker, maar een buik van iemand die even niet heeft opgelet. Niet van iemand die het hele buffet heeft verorberd. Iets te dik. En omdat het zo ver weg is van de 125 waar ik vandaan kom, voel ik me gezond.

Ik droog me af en zie Kate pas als ik voor haar bed sta. Mijn hoofd uit mijn handdoek wurmend kijk ik ineens tegen haar op het bed gevlijde naakte lijf aan. Mijn haren nog nat, de handdoek tot slechts halverwege mijn borst gezakt en een stijve pik richting haar schitterende borsten, bij wijze van compliment. Op haar knieën komt ze naar me toe gekropen en heel langzaam maar zeker verdwijnt mijn hele pik in haar mond. Dat was nog nooit een meisje gelukt. Kate zuigt zo langzaam en zacht als ze praat. Golvend van voor naar achter. Van de top van mijn eikel tot aan mijn schaamhaar, en weer nat en warm terug. Dit doet ze niet voor het eerst. En ondertussen zie ik haar prachtige billen. Wat een kont! Goed voor je lijf, hoor, al dat bronwater en hippievoer. Bruin van de zon, haar lichaam onder de sproeten. Haar haren lang en blond, die als ze zich weer terugtrekt over haar naakte rug wuiven als tarwe.

Ze trekt me op het bed. Onverwachts daadkrachtig. Zo plotseling dat ik op mijn knieën op bed terechtkom. Achteroverleunend, mijn dijbeenspieren strak. En ze pijpt verder. Mijn zaad wil onmiddellijk naar buiten. 'Pas op, ik kom,' fluister ik, 'sorry, ik kom.' En ze haalt mijn pik uit haar mond, kijkt naar me op en zegt: 'Kom maar, vind ik lekker.'

Twee diepe buigingen van haar hoofd later voelen mijn benen als verlamd. Beter nog: alsof de bliksem erdoorheen is geschoten. Ik kan er niets aan doen, met mijn heupen schokkend, alsof ik op zo'n wilde stier zit, spuit ik in haar mond. Als ik eindelijk languit op haar bed lig, klimt ze met haar zachte lijf over me heen. En heel langzaam verschijnt haar mooie natte kutje boven mijn hoofd. Ik steek mijn tong uit en zij draait zich klaar. Ik hoef weinig meer te doen dan mijn tong uit te steken. Zo hoog mogelijk, weg van het ijzer in mijn mond. Maar ze doet juist haar uiterste best om het ijzer te raken. Ze vindt dat kennelijk lekker. In één beweging glijdt ze naar beneden en stopt mijn stijve pik zo in haar kutje. Haar handen op mijn borst, duwend. En ze komt weer. Niet dat ik daar credits voor kan nemen, ik doe niks. Ze gebruikt mijn lijf voor haar eigen genot. En het is zalig.

Een uur later staan we in de tuin. We kijken naar mijn auto, wat ervan over is, en ik wil haar al bijna wurgen. Je moet niet met een kopje muntthee in je ene hand en met de andere langzaam over mijn rug strelen en zo verdomd begripvol verdrietig kijken als zij nu doet. Het is maar een auto. En niet eens mijn auto! Ik moet weg. Kate is geweldig en beter voor de wereld en anderen dan ik ooit zal worden, maar ik ben op een missie. Ik moet... ik moet iets. Ik moet terug naar de kruising in mijn verleden en waar ik verkeerd afsloeg nu de juiste afslag nemen. Dat moet ik. En seks met haar was een behoorlijke stap in de juiste richting, want het was seks met liefde, een soort van liefde. Liefde voor elkaars lijf.

Roadie moet hoe dan ook naar Los Angeles. En de auto ook. Als ik te laat aankom, zijn er vrij veel mensen niet zo heel blij met mij. En dat wil ik nou juist een keer voorkomen. Kom Roadie, schat. Wat lief dat je zo op me gepast hebt, meisje. Hier, neem mijn broodje sla-tomaat, zonder bacon.

'Dag Kate.' Een kus op haar wang. Ze aait nog één keer zacht over mijn rug en ik loop naar de auto.

'Het dak...' zegt Kate.

'Ik koop wel een nieuwe. Roadie! Op je eigen stoel gaan zitten, sloerie!?' Ik lach naar Kate.

'Maar je dak... Wat moet ik met...'

Ik stop haar met een gebaar van mijn hand.

'Gebruik het of gooi het weg, maakt mij niet uit, schat. Ik moet gaan.' Het had stoer moeten klinken, Steve McQueen-achtig. Dat doet het niet.

Dan lach ik naar Rose. Dank je wel, Rose, voor je roze broek en je ogen die zoveel zinnen tegelijk willen zeggen.

Het is 15 juni, halfelf in de morgen en het belooft een schitterende dag te worden. We moeten met de boot naar Southport, het stadje aan de overkant. Linksaf slaan en de 17 naar South Carolina. We stoppen wel weer eens in Savannah. Dan zijn we halverwege. Halverwege, fit en onderweg. Onderweg met Roadie.

19.

Ik ben geen snelle rijder. Daarom rij ik ook altijd langzame wagens. Ik wil helemaal niet snel rijden. Ooit reden Bob en ik terug uit Frankrijk in zijn grote donkerblauwe Peugeot *Je ne sais pas*, en heb ik ons bijna doodgereden. 187 kilometer per uur. Ik had het niet door. We waren aan het kletsen, roken, muziek op, gezellig. Een flauwe bocht in een afdalende weg. Ik stuurde mee. Niks aan de hand, of beter gezegd: aan het losse polsje. Polsje nonchalant op het stuur. Man van de wereld. 187 kilometer per uur. Alleen bleek de bochtige weg naar beneden verrassend genoeg over te gaan in een tunnel. Klein tunneltje, nog geen tien meter. Harde stenen zijkanten die het gat omringden waarvan het duidelijk de bedoeling was dat we erin zouden verdwijnen. Het was noodzakelijk de auto tussen de twee grote grijze muren te mikken. Maar ik reed te hard. En geen hand aan het stuur.

Bob vertelde iets, geen idee wat. Ik hoorde het ook niet meer. Al het geluid was weg. In slow motion corrigeerde ik de bewegingen van de auto, nu twee handen wit geknepen aan het stuur. Rechts, links terugdraaiend, tunnel in, nog meer links draaiend. De weg ging weer omhoog. Ik remde niet. Het stuur draaide en snoeihard schoot onze wagen de tunnel uit. De weg was weer breed, recht en rustig. Mijn hoofd draaide richting Bob, ik hoorde een cello, gek genoeg. Het was zijn stem, maar verdraaid tot een lange, laag zingende toon. Hij rookte en babbelde. Ik keek weer recht voor me uit, alles was zoals het was voordat we de tunnel in schoten, ik was alleen drijfnat. In een tiende van een seconde. Water in mijn handen, geen zweet: water. Mijn hele lijf spuugde het in één keer uit. Ik had ons zojuist tot aan de grens van de dood gereden en weer weggesleept. In enkele seconden. En Bob had het niet door. Ik hoorde zijn stem alweer. Een rustige beek van woorden, louter en alleen bedoeld om de tijd te doden. Hij heeft het nooit geweten. Sindsdien hoeft het niet meer zo snel van mij. Sterker nog, ik rij niet lángzaam, ik sukkel. Niet de belabberde snelheid die me in Kates bed deed belanden, maar 65 mijl is een fijne snelheid. 60 mag ook. Zie je nog eens wat van de omgeving.

Om vijf uur kwamen we aan in Charleston, en zijn een kwartier later meteen doorgereden naar Savannah. Ik wilde wel blijven, Roadie ook neem ik aan, een beetje geschiedenis opsnuiven. Iets leren, al was het alleen maar de bekende southern cooking style, maar we werden er gek. Er is te veel geschiedenis in Charleston. En dat geeft niet als er maar niet per geschiedkundig feitje vijftien gidsen waren die hun kennis over dat ene feitje over straat meenden te moeten schetteren.

We waren uitgestapt en in het zonnetje op de stoep gaan zitten. Eén minuut was het stil. Toen kwam uit het Slave Mart Museum achter ons een vrijwel tandeloze bejaarde bruine man, die met een sonore James Earl Jones-stem begon uit te leggen dat het woord Mart boven zijn hoofd echt Mart betekende. Hier werden de slaven uit heel South Carolina verhandeld. En dat was vervelend, maar ook interessant omdat de slaven verdomd goed wisten wat ze waard waren. Of het van kruin tot tenen in lila sweatstof gestoken blanke dwergvrouwtje naast hem soms wist wat een slaaf kostte in die tijd? Nee, vrouwtje Piggelmee had geen idee en snerpte dit met een accent de wereld in dat zelfs de tandeloze gids even vreemd deed opkijken. Nou, hij ging het haar weleens even vertellen.

Om de hoek kwam een studente, mantelpakje en geitenwollensokkentas, druk vertellend over hoe de slaven zichzelf aanprezen of juist afprezen aan een slavenhouder. Dat een slaaf bijvoorbeeld zijn grijze baard verfde als hij wilde werken op dezelfde plantage waar ooit zijn dochters terecht waren gekomen. Of dat slaven hun hoofd stuk beukten op de tralies om gekte te simuleren als een impopulaire slavenhouder ze dreigde op te kopen. Allemaal interessant, maar het werd dwars door het verhaal van de eerste gids geschreeuwd. Maar die liet zich geen moment van de wijs brengen. Hij ging gewoon een tandje harder praten. En toen kwam gids nummer drie. Dwars door de twee al tetterende gidsen heen stelde de in klederdracht gestoken vijftiger met wandelstok de vraag waarom het hier 'the French Quarter' heette. Wat is er heerlijker dan aan een onwetend gezelschap een vraag te stellen waarop alleen jij het antwoord weet? Wat volgde was een op oorlogssterkte gebulderd verhaal over dat iedereen welkom was in Charleston; vanwege de Frans-Engelse oorlog gevluchte hugenoten al helemaal. Iedereen, behalve de katholieken die in Frankrijk de oorlog tegen de hugenoten waren begonnen. Die mochten tot in de haven komen en werden dan zo van hun boot geschoten. Een zeventiende-eeuws gezelschapsspel, zo leerden we. Op dat moment begon de man nog harder te praten. Waarom werd duidelijk toen we opstonden.

Uit alle hoeken en gaten kwamen gidsen en gezelschappen op ons af. Met vlotte tred en duidelijk veel zin om hun kennis met ons te delen. Een kakofonie van oorlogsleed, slavenhandel en 'we dansen de charleston' omsloot ons.

We renden terug naar de auto. Roadie sprong via mijn stoel in één keer door naar de hare en gaf me een Elwoodblik uit *The Blues Brothers*: 'It's 106 miles to Savannah, we got a full tank of gas, half a pack of cigarettes, it's dark... and we're wearing sunglasses.' Waarop Jake zegt: 'Hit it.' Wat Roadie betreft konden we gaan.

En nu zit ik op het toilet, beneden in de eetzaal van The Ballastone Inn in Savannah, te poepen, terwijl Matt Damon en Paul Newman belangstellend toekijken. O, en Bill Cosby, maar die hangt in een hoekje. Die kwam hier kennelijk heel vroeger weleens. Zou hij hier ook ambitieuze actrices hebben gedrogeerd? Hopelijk heeft hij de dope niet ergens laten slingeren hier. Matt was hier gisteren nog, aan de verse inkt op zijn foto te zien. O, kijk, de datum. Verrek, eergisteren.

Roadie en ik blijven vannacht hier. Eigenlijk was er geen plek meer, maar de General Lee-kamer was net vrijgekomen. De gitarist van Art Garfunkel had toch besloten thuis bij zijn moeder te gaan slapen. Eigenaresse Julie vraagt nu door de wc-deur heen of ik naar het concert wil vanavond. Dan regelt ze een kaartje voor me. En past zij wel op Roadie, wat een schat van een hond. Art Garfunkel? Is die niet inmiddels 106 of zo? Ik kreun wat, en Julie beent onder een monter 'all righty then' weer naar haar kantoortje. Deze poeperd gaat kennelijk naar een bejaarde man luisteren. Heel beroemd nog steeds, dus het zal wel in het plaatselijke rugbystadion zijn. Ik hou niet van massa's. Niet om ertussen te zitten, om ervoor te spelen vind ik geen punt. Dan zitten er hekken tussen.

Ik knik de heren Damon en Newman gedag. Cosby krijgt een wijsvingertje: 'Ik zie je, ouwe snoeperd.'

20.

Roadie gaat gewoon mee. Er is sprake van enige hechting, want ze is niet te vermurwen. Ik begin ook aan haar gehecht te raken. Dat zal ze waarschijnlijk voelen. Ik bracht haar naar Julie in het kantoor, maar ze trippelde gewoon weer met me mee naar buiten. Weer bracht ik haar terug naar Julie, en nog voor ik zelf weer bij de auto was, zat zij al achter het stuur. Ze keek me met droeve ogen aan.

In de warme avondbries kijken we elkaar aan. Het is me het reisje wel, hè meisje. Ik buig me onwillekeurig iets naar voren. Zij ook. Haar snuit boven het halfgeopende zijraampje. Dicht hoeft het niet meer, er zit toch geen dak op. Mijn hoofd gaat nog iets meer naar haar toe, ik heb een beetje medelijden met haar. Met ons. Mijn gezicht zakt zachtjes in haar vacht, aan de achterkant van haar kop. Arm oud meisje. Ze kreunt zachtjes. Arm dik mannetje? Ze ruikt lekker. Appeltaart? Verrek, ze ruikt naar appeltaart. Wat jammer dat je zo oud bent, meisje. Dat je al bijna doodgaat. Ik hecht me liever niet aan iets of iemand die doodgaat of verdwijnen zal.

Ik zie dat Julie naar ons kijkt. Midwestbloemetjesjurk, fors. Lekker. Te oud, maar wel lekker fors. Niemand houdt van magere vrouwen. Heb ik dat al eens gezegd? Niemand houdt van magere vrouwen, alleen andere magere vrouwen. Ik knik. Ze vindt ons lief, zie ik. Ik zwaai, Roadie hupt naar haar eigen stoel en we rijden weg.

Wat is Savannah mooi! Oude, maar schone straten, elk huis verschillend. En Europees, Frans, met fraaie veranda's en gietijzeren versieringen. Uitbundige oleanderstruiken en kamperfoelie. Een zware bloemenlucht. Er hangt een beetje een roze gloed over de stad. Dat komt door het licht dat weerkaatst op het water, denk ik. Waar ik rij, zie je het water niet, maar je voelt het overal. Dit is een zeestadje. Met mensen die alles iets langzamer willen dan in de rest van Amerika. En mensen die kennelijk allemaal honden hebben. Tientallen. Veel kleine poedels. En rare langharige honden waarvan ik de soortnaam niet weet. Ik hou niet van honden. Behalve van Roadie natuurlijk. Toch ben ik één andere nog altijd dankbaar.

Ik was goedgekeurd voor militaire dienst. Mijn vader vond dat verschrikkelijk. Afgezien van het feit dat hij zelf driekwart van zijn diensttijd in de gevangenis had gezeten wegens insubordinatie vond hij mij gewoon niet geschikt voor dienst.

'Jij gaat maar terugpraten tegen die generaals en dat komt je op nog meer gevangenisstraf te staan dan ik, dat is zonde van je tijd.' Het was bij de eerste keuring meteen raak geweest ook. Ik was een kwartier later dan bevolen de trappen van de kazerne in de Sarphatistraat op gerend. Ik stormde het eerste het beste zaaltje binnen en hoorde een generaal/majoor/whatever net bulderen: 'Cornelissen?' en Cornelissen riep: 'Ja.'

'Couvoet?' Couvoet riep: 'Ja.' Mijn achternaam zit voor de c en ik begreep dat ik al afgeroepen was. Dat zou die man vast vervelend vinden. Ik liep op zijn verhoginkje af en probeerde zijn aandacht te vangen.

'Pssst! Hier. Sorry, ik hoor u zo roepen...'

'ZITTEN!' Dat was pas hogeschoolbulderen! Grote klasse. Groen pak, dun rietje onder zijn arm, pet nog op en een grijze snor. Het leek een Monty Pythonsketch. Wat moest zo'n man toch met zo'n rietje?

'Jawel, natuurlijk, dat snap ik, maar u bent al bij de C, van Cornelissen, snapt u? En mijn naam begint met...'

BAM!

O, daar was dat rietje voor. Hij sloeg het plat op zijn desk. Heel hard. Indrukwekkend.

'ZITTEN, ZEI IK!' Ook indrukwekkend, maar ik kon wel horen dat het slaan met het rietje hem wat kracht had gekost.

Ik begreep waarom hij de ondankbare taak had gekregen honderdzestig pubers welkom te heten en niet vooraan in een oorlog stond. Hij was niet meer de fitste. Eén keer 'ZITTEN!' roepen en hij was al bijna op. Ik vermoedde dat mijn verhaal waarschijnlijk niet eens meer een derde keer onderbroken zou worden en klom wat hoger naar hem toe. Ik liet hem mijn paspoort zien: 'Kijk, ziet u. U bent al bij de C, dus...'

Twee mannen trokken me naar achter, weg bij de generaal/overste, zo het lokaal uit. In de gang draaiden ze me om en smeten me een andere kamer in. De deur stond halfopen, maar niet zo halfopen dat hij mijn voorhoofd niet raakte. Met één hand op de pijnlijke plek bleef ik even gebukt staan.

'Ah, de nieuwe hulp,' hoorde ik achter mij. Ik kwam omhoog en keek om. Ik zag niemand. Alleen een gigantische berg krentenbollen. Het leger had voor honderdzestig jonge mannen ieder twee krentenbollen bedacht. Een keuring van een halve dag en deze jonge opgroeiende schavuiten zouden aan twee lullige krentenbolletjes wel genoeg hebben.

'Wil je snijden of smeren?' Vanachter de krentenbollenberg kwam een langharige hippie tevoorschijn. Dienstweigeraar. Slome tred, lang haar, Neil van de Young Ones, maar dan een typisch Hollandse. Zo'n brommersleutelaartje. T-shirt, zwart met een gruwelijk hardrockmetaldoodshoofd erop.

'We kunnen ook afwisselen?'

'Ik ga helemaal niets smeren of snijden,' zei ik. 'Ik kom voor het leger. Anders was ik wel bakker geworden.'

'Wat jij wilt,' had de hippie gezegd, en hij begon te snijden.

'Je moet eigenlijk helpen,' probeerde hij nog. Ja, die was lekker. Hij een beetje dienstweigeren en ik ervoor opdraaien. Ik negeerde hem. Ik had principiële bezwaren tegen krentenbollen.

Na een halfuur was ik hem toch maar gaan helpen, want hij had er toen ongeveer tien gedaan en de lunch zou ongetwijfeld stipt om 1200 uur plaatsvinden. Dat ging hij op deze manier niet halen.

We kwamen uiteindelijk tot een zeer vlot systeem, Neil en ik. Het halve meter lange kartelmes plaatsten we in een bankschroef en ik hoefde het desbetreffende bolletje er maar naar te laten kijken of het viel al uit elkaar, zo scherp was dat mes. We smeerden de boter op een andere tafel, lekker dik. Twee helften erlangs halen en op elkaar plakken. Neil had het nog naar zijn zin ook. Hij was in elk geval geen werkweigeraar. Misschien had hij echt iets tegen wapens. Dat zou kunnen. Waarom niet? Wapens zijn alleen maar bedoeld om een ander je mening op te dringen. Ik wilde ook niet het leger in voor de wapens, ik wilde de training. Die leek me wel goed van pas te kunnen komen, mocht het ooit oorlog worden.

Om elf uur waren we klaar. De boter kregen we niet echt goed van de tafel, dus die zetten we op zijn kant in een kast. Ik werd opgehaald en twee minuten later zat ik tegenover weer een andere legerman. Waarom ik dienst wilde weigeren.

'U hebt mij volkomen verkeerd begrepen,' zei ik. 'Ik wil helemaal geen dienst weigeren.'

Ik stond anders mooi op de lijst van dienstweigeraars.

O. Nou, nee, ik wilde best in dienst.

'Het punt is alleen dat ik graag naar de kleinkunstacademie wil en die begint in augustus. Dus als u mij maandag oproept heb ik zes weken de tijd voor de training, maar daarna zal ik toch echt naar school moeten. Maar dat is, bij gebrek aan oorlog, toch geen enkel probleem?'

'Geen enkel,' zei de legerman. Wat wilde ik gaan doen op die kleinkunstacademie?

'Dansen en zingen en zo.'

Cynisme was me toen nog vreemd, maar dat hij niet volledig achter mijn beroepskeuze stond was me wel duidelijk. Ik kon gaan. Drie maanden later bleek ik goedgekeurd. En dat vond mijn vader dus niks.

De ochtend nadat het leger middels een officieel schrijven had laten weten van mijn diensten gebruik te willen maken, zei mijn vader: 'Je hoeft niet naar school vandaag, je moet eerst naar de dokter.'

'O, ben ik ziek?'

'Je bent doof,' zei mijn vader.

'Wat?'

'Heel goed, hou dat vol.'

De dokter was een vriend van mijn vader. Hij vroeg een herkeuring aan. Mijn oren waren in mijn vroegste jeugd heel vaak doorgeprikt. Acht keer links, negen keer rechts. Word je doof van, volgens mijn vader en zijn vriend de huisarts dan. Maar ik was ook allergisch. Dus op aanraden van de dokter sliep ik de nacht voor de herkeuring naakt boven de dekens, met in de kamer twee harige katten en het raam open.

In de trolleytram in Den Haag zat ik vijfendertig minuten op de achterste bank met tussen mijn benen een natte bouvier, met van die lange haren. Zeiknat, want het regende pijpenstelen. Hij stonk een uur in de wind.

Toen ik bij het gebouw van de herkeuring aankwam zat mijn hele hoofd potdicht. In de wachtruimte zaten nog tien losers zoals ik. Maar niemand die er net zo beroerd uitzag, met mijn mond slap open om toch maar wat lucht binnen te kunnen krijgen. Een man in een witte jas stond vlak voor me en sleepte mij zowat zijn spreekkamer in. Uitkleden, gebaarde hij, en in mijn onderbroek moest ik in de hoek gaan staan. Daar stond ik tien minuten. Straf. Ik wachtte af. Hij keek vast naar mijn rug, of mijn ruggengraat wel recht was, dat hadden ze bij de kleinkunstacademie ook gedaan. Daar was ik aangenomen. Dat was nu verdomme niet de bedoeling. Ik zou verraden worden door mijn... perfecte ruggengraat.

Opeens gilde hij vlak achter me: 'Kom maar!'

Ik schrok me rot. We liepen samen naar zijn deskje. Nog een heel eind als je geen lucht kreeg. Toen we tegenover elkaar zaten zei hij: 'Hoorde je me niet of zo?'

Ik verstond hem nog steeds niet goed, maar nu ik zijn lippen zag was het makkelijker om te raden wat hij bedoelde. Ik keek hem vragend aan terwijl ik mijn hoofd schudde.

'Ik heb tien minuten lang van alles naar je geroepen! Steden, zangers, spelletjes!'

Ik trok een grimas. 'Ik dacht al dat ik u op een gegeven moment "tweeëntwintig" hoorde roepen, maar ik begreep niet waarom iemand dat zou doen, dus toen heb ik het maar laten gaan.'

Hij zuchtte en gebaarde dat ik weg moest wezen.

Vier maanden later kwam ik thuis van school en mijn vader stond in de deuropening. Halfvier 's middags, hij was nooit thuis voor halfacht 's avonds. Er was iets aan de hand. In zijn hand een grauw-grijsgroen kaartje met stempels. Hij opende zijn armen en zei: 'Je bent afgekeurd. Voorgoed. Je mag niet eens als reserve komen!' Hij was heel blij voor mij. Misschien ook wel voor de rest van Nederland. Dat ik niet in de weg zou lopen als het er echt op aankwam.

Binnen was er taart. Mijn twee broers waren ook blij dat ik

was afgekeurd. Ze waren gek op taart. Mijn vader proostte en zei: 'We zijn zeer verheugd dat je niet in dienst hoeft, jongen, dat is niks voor jou.' Toen zwaaide hij zijn glas richting mijn jongste, zeer opstandige broer en zei: 'Maar jij gaat absoluut het leger in, proost!'

Ik kan Industry Drive niet vinden. Ik sta op een industrieterrein, dus tot zover is het gelukt. Maar ik zie geen theater. De kans dat ik in deze buurt een theater zal vinden is volgens een taxichauffeur aan wie ik de weg vraag 'as dead as a Texan salad bar'.

Er komt een auto langs met heel hard 'The Boxer' uit de speakers. Erachteraan, Roadie, als die niet naar Art gaat weet ik het ook niet meer.

Opeens staat de auto stil. Vier mensen stappen uit en lopen naar een schuur. THE DOLLHOUSE staat er boven de gigantische opengeslagen deuren. Ik parkeer achter de auto die mij zo moeiteloos naar de juiste plek heeft gebracht en Roadie en ik stappen uit.

'Dorothy,' zeg ik tegen Roadie, 'I'm afraid we're not in Kansas anymore.' We zijn op het platteland. Bij een boerderij. Ik zoek een straatnaambordje, maar zie er geen. Wel een brievenbus, zo eentje met een vlaggetje. Dat je vanuit je huis kunt zien of er post is en niet dat hele eind voor niets over je erf hoeft te lopen. Op de brievenbus staat Industry Drive 980. Ik tuur de landweg af. Ergens ver weg zie ik vlammen in de lucht. Daar zal de industrie dan wel zijn.

We gaan in de rij staan met ons kaartje.

Binnen is de schuur prachtig goudgeel verlicht. Er staan tweehonderdvijftig hooibalen, dat zijn onze stoelen. Gaat Art country zingen? Nee toch? Roadie en ik krijgen een prachtige plek, rij vier, baal één, zodat ze naast me kan liggen. Op een klein podium staan een barkruk en een gitaar in standaard te wachten. Overal tussen de balen hooi staan emmers met koud water en bier. *Bucket beer*. Als je er een wilt, gooi je twee dollar in het blik dat vastgebonden zit aan de emmer. Dit kan weleens een leuke avond worden. Een vriendelijke dikke man zet een lege emmer voor Roadie neer. Er zit immers water in. Roadie drinkt dankbaar.

De vriendelijke dikke man loopt door naar het podium en blijkt de promotor. Hij vertelt hoe het zo gekomen is dat we hier zijn. Het is zijn idee; Amerikanen zijn nooit te beroerd om zichzelf vleugeltjes aan te naaien. Hij had gelezen dat Art stemproblemen had, vertelt hij. Dat Art niet meer kon zingen. En dat had hij reuze vervelend voor Art gevonden. Hij had vervolgens zijn eigen dokter gebeld en gevraagd of die niet eens naar Arts stembanden wilde kijken. Deze dokter Rheingold had Art gebeld en gevraagd wanneer het schikte. Art kon eigenlijk die middag wel. Wilde Art dan meteen een hapje mee-eten?

Dokter Rheingold bleek een wonderdokter, want Art gaat voor ons zingen vanavond. Na drie donkere jaren heeft hij toch weer de weg naar het podium gevonden.

Als de eerste de beste kleuterklas roepen wij steeds 'Art!' als hij vraagt wie er voor ons op komt treden. Wie? 'Art!' Wie? 'Art!'

'Dames en heren...'

En wij met zijn allen: 'Art Garfunkel!'

We gaan staan als Art verschijnt. Een lange dunne breekbare opa in puberkleren. En een gitarist die op Anthony Bourdain lijkt. Rijzig, slank, grijs en een schitterende Martin van minstens dertig jaar oud.

In de magische stilte die valt strooit de gitarist de overbekende akkoordenreeks van Paul Simon over ons heen. Art haalt adem, de microfoon in zijn hand als een kind dat op het punt staat een ijsje te gaan likken. En dan, heel breekbaar, die stem, als de voorzichtige hoorn van een klein bootje in de mist op de Hudson: 'Are you going to Scarborough Fair? Parsley, sage, rosemary and thyme.'

De promotor heeft geen woord gelogen, deze man heeft veel last van zijn stem gehad, vooral ook tussen zijn oren. Ik ben zanger, ik hoor dat. Daar hoef je niet zo groot als Art voor te zijn. Elke jongen die van zingen houdt en de baard in de keel krijgt, heeft het ook. Je dénkt dat je nooit meer kunt zingen en dus kun je nooit meer zingen. Je lichaam pakt je altijd op je zwakste plek. De angst dat je niet meer kunt zingen is zoveel erger dan een keer een toon niet halen of ernaast zitten. Die angst zit in je ziel. Deze grote zanger had zielenangst. Zielenangst dat hij nooit meer zo mooi zou kunnen zingen als vroeger. Dat vrat hem op. Dus kón hij ook niet meer zingen zoals vroeger. En nu hoor ik een man die zich daardoorheen heeft gevochten. Een van de grootste zangers ter wereld probeert voor het eerst in drie jaar of zijn stem het zal houden.

Dat alles klinkt door in die twee zinnen. Ik voel mijn ogen nat worden. Het moet een gevecht geweest zijn, om hier te komen.

21.

Het is pauze en ik heb een biertje gekocht. IPA. Indian Pale Ale. Geen idee wat het is, maar het smaakt. Ik ben nog steeds ontroerd. Art is hier, hij kwam ergens anders vandaan en heeft een heel lange weg afgelegd om weer te kunnen zingen.

Waar kom ik vandaan? Van de academie. Daar ben ik geboren. Bij Bob. Naast Bob. Bob aan de piano en ik voorzichtig toenadering zoekend. Als een jochie dat eerst tegen een nieuw buurtgenootje zegt: 'Wat een ongelooflijk lelijke chopper heb jij, zeg! Schaam je je niet? Paars met oranje? Drie versnellingen maar? En dat stuur is toch helemaal niet hoog? Ik heb sturen gezien die veel hoger waren.' Om vervolgens te vragen of hij ook eens een rondje mag. En 's avonds thuis aan zijn vader vraagt of hij alvast voor zijn verjaardag een chopper mag. Dan hoeft hij over acht maanden, als hij echt jarig is, geen cadeautje meer.

Bob wist dat ik zijn fiets afkraakte omdat ik eigenlijk ook wilde fietsen. Dus hij schoof op en we schreven ons eerste lied samen. Een heel slecht lied. Volledig geënt op het werk van een fameus duo van vijfentwintig jaar voor ons. Wij waren ook gewoon geïnspireerd door anderen. En dat hoorde je. Maar we hielden al die kopietjes tenminste voor onszelf. Tot we ons eerste echte lied schreven.

Inmiddels hingen we niet meer in de kroeg rond. Dat werd ook gênant; we babbelden maar door over hoe we het hele theaterwezen eens even op de schop gingen nemen, maar ondertussen stonden we alleen maar biertjes te drinken en sjekkies te draaien. Vol van onszelf, of in ieder geval, vol van hoe we zouden gaan worden. Dat schoot niet op en het irriteerde anderen mateloos. We trokken in een kamer van een verlaten machinegebouw op het Westergasfabriekterrein. Twee bureaus erheen gesleept en een dartbord. Twee typemachines en een oud schoolbord dat er al hing, waarop machinisten in vroeger dagen konden lezen wanneer hun diensten begonnen en eindigden. De strepen die op het bord stonden leken veel op muziekbalken.

We hadden een lied. Een mooi lied. Met een vergelijking, een metafoor, dus het was nog poëtisch verantwoord ook. Het ging over het echte leven, over dat je het nauwelijks aankunt en zo. Maar algauw kwamen we erachter dat dat lied helemaal nog niet zo goed was. Het liep niet, swingde niet. Met dit nummer konden we niet naar buiten. Het was een net niet mooi meisje. Een onopvallend, niet bijster knap meisje is niet erg, dat kan. Daar zijn er veel van. Maar een net niet mooi meisje dat doet of ze heel mooi is, is pijnlijk. En dat was hier het geval. Het was net geen goed lied, en dus een vreselijk slecht lied. Dit was een pretentieuze lillekerd!

Dit besef werd onze redding. Nooit zouden we naar buiten komen met iets wat we op dat moment niet het allermooist vonden, besloten we. Een heilig pact. Zo ontstond meteen wet twee: we moesten het nummer allebei goed vinden, anders ging het niet door.

We moesten een arrogant, lelijk meisje een facelift geven. Andere kleren, kappertje, op de sportschool met dat wicht. Nee, alles moest gelift. Maar wat we ook verzonnen, niets werkte. Tot we het nummer in plaats van in c in d speelden. Waarom, geen idee. Een van ons zal het geopperd hebben, en dat zal dan hoogstwaarschijnlijk Bob zijn geweest, want die liep muzikaal gezien lichtjaren op mij voor. Ik had mijn eerste gitaar nog maar twee weken en moest mijn eerste officiële les nog krijgen. Bob zei: 'Zet je vingers zo neer. En daar. En nu daar.' Ik deed dat en toen was het muziek.

Omdat ik niet zomaar een beetje achterstand had, maar nog mijn schaatsen aan het zoeken was terwijl Bob de Elfstedentocht er al op had zitten, studeerde ik me het apezuur. Elke avond als ik thuiskwam oefende ik tot diep in de nacht de akkoorden die hij me had geleerd. En soms verzon ik er zelf een paar. Niet gehinderd door enige kennis van zaken drukte ik mijn vingers op de snaren tot het mooi klonk. Om die reden kunnen de beste gitaristen sommige nummers van ons nu nog niet goed ten gehore brengen. Ze willen logica in het schema, akkoorden met volwassen namen. Maar die namen kende ik niet, en Bob vond het prachtig. ALS HET KLINKT, KLINKT HET schreven we met een dikke stift op de muur. En FUCK 'EM!

We speelden het lied in d en meteen ging de hemel open. De bliksem sloeg in in de machinekamer. Het klonk zo mooi dat we niet eens de behoefte hadden om er tegenover elkaar over op te scheppen. We hadden te weinig ervaring om te weten waarom het zo lekker klonk. We zongen terwijl we dartten, we zongen als we 's ochtends binnenkwamen, koffiezetten, achter de typemachines zaten. Steeds weer de eerste twee coupletten en het refrein, als twee heel vervelende kinderen uit *The Sound of Music* die de hele musical aan het woord wensten te blijven. We zongen liggend op de grond. We zongen onszelf in slaap, werden wakker en we zongen weer. Toen hoorden we het ineens.

Er waren drie momenten in het lied waar je met geen mogelijkheid kon horen wie welke noot zong. We zongen in tertsen, maar daar, in dat gebied, hoorde ik mijn eigen stem verdwijnen in die van Bob. En andersom. We keken elkaar aan. We zongen met onze hoofden dicht bij elkaar. We zongen op een meter afstand van elkaar, we zongen ieder aan een kant van de kamer. Daar was het verschillend. Maar als we naast elkaar stonden, op minder dan een meter afstand, dan kon je het niet horen. Bob besloot het uit te schrijven op het bord.

'Ik zing deze lijn. Jij zingt dit... hier en hier en hier. Die tonen zijn het.'

'Oké, en als we het in g zingen?'

We zongen het in g. Gelukkig. De drie identieke tonen bestonden nog steeds, ze waren alleen verschoven.

Opgetogen gingen we naar de kroeg, waar we een veteraan in het liedjesschrijfwezen tegenkwamen. We lieten hem horen wat we ontdekt hadden.

Hij vond het prachtig. Maar als we dat toch konden, zo zingen, waarom zongen we dan niet in contramelodieën? Dan konden we allebei de lead zingen in plaats van dat de een de tweede stem op de ander moest leggen. Hij legde het uit. Zonder een woord te wisselen dronken we ons glas leeg en renden we terug naar de machinekamer. Contramelodieën! We zongen en Bob schreef het uit op het bord.

Het moet er vreemd hebben uitgezien. Twee jongens en een schoolbord in de enige verlichte kamer van een heel groot machinegebouw op een verlaten industrieterrein. We zongen voor ons plezier. En we zijn nooit opgehouden met zingen. Wel met zingen voor ons plezier.

Ik heb eenzelfde soort carrière doorgemaakt als Art. Maar dan in het klein, dat besef ik ook wel. Niet in volume, niet wat betreft impact. Oké, het lijkt er helemaal niet op. Wat ik maar wil zeggen is dat Bob en ik zijn begonnen in Asten, voor twaalf hardrockers op een zondagmiddag en uitgroeiden tot een duo dat jarenlang in de grootste zalen van het land speelde. En buitenconcerten, ook geen punt. 250.000 man in Den Haag. Dat was natuurlijk niets vergeleken met 500.000 man in Central

Park. Maar om dan hier, op Industry Drive in Georgia, voor 250 *hillbillies* te eindigen... Ik hoop dat dat me bespaard blijft.

Hoezo: ik hoop dat dat me bespaard blijft? Ik mag hopen dat het me ooit weer lukt. Zingen om het plezier van het zingen. Kan ik nog wel zingen? Niet meer geprobeerd sinds we uit elkaar zijn gegaan.

Roadie en ik kijken de schuur in. 250 hooibalen voor 250 Billy-Bobs en Daisy-Maes. Er zitten natuurlijk ook notabelen bij, dus 210 betalende bezoekers voor maar liefst 60 dollar per kaartje. Ik deed de boekhouding nooit, sterker nog, ik heb al in geen vijftien jaar zelfs maar een rekening hoeven te betalen, maar dit optreden komt neer op 12.600 dollar. Zal het 80/20 verdeeld worden? En die gitarist moet natuurlijk ook wat verdienen. 1000, 2000 dollar? Dan treedt Art hier op voor 8000 dollar. Doe je als volledig onbekende dj een imitatie van Junkie XL loop je met een hoger bedrag weg. Art Garfunkel! Die man krijgt aan royalty's waarschijnlijk 8000 dollar in hetzelfde tempo als dat ik 8000 dollar zeg. Art doet het voor de kunst. Voor het plezier. Voor het zingen zelf.

'Excuse me... does she ever talk back?'

Achter me staat een Daisy-Mae mee de schuur in te kijken.

Ze glimlacht: 'Ik hoor je praten tegen je hond in een raar taaltje en toen dacht ik: dat doet hij niet voor het eerst. Dus hij is alleen. Alleen met de hond. Of hij is gek. Dus wat is het? Ben je een gekkie? Of al heel lang alleen?'

Ze kijkt me vrolijk aan. Cowboylaarzen, uiteraard. Blauwe spijkerblouse, witte tanktop eronder. Blond als haar broek.

'Of ik ben buitenlands. Daar al aan gedacht?'

Ik kijk triomfantelijk terug, maar weet dat ik mis zit. Ze was helemaal niet onvriendelijk. Nu ik mezelf hoor weet ik het helemaal zeker. Waarom doe ik dat toch? Ik had helemaal niet in de gaten dat ik tegen Roadie aan het praten was.

Ze glimlacht en zegt: 'Sorry. Dat kwam er volkomen verkeerd uit.' En vervolgens: 'We moeten weer naar binnen. Daarnet stond ik te ver weg, maar nu hoor ik inderdaad dat je buitenlands bent. Als je wat wilt drinken tijdens de tweede helft moet je je bier in een plastic *cup* doen. Mister Garfunkel hates the sound of beer bottles. Veel plezier!' En ze beent naar binnen.

Wat ben ik een eikel. 'Of ik ben buitenlands, heb je daar al aan gedacht?' Je gulp staat zelf open! Had ik ook kunnen zeggen. Eikel. Kom Roadie, we gaan naar Art luisteren.

De g-snaar breekt. Hoe heet die gitarist eigenlijk? Art heeft het wel gezegd maar omdat iedereen met Paul Simon in zijn hoofd zit, denk ik niet dat ik mijn buurman kan aanstoten om het te vragen. Zelfs in gedachten ben ik onaardig. Onaardig tegen de man naast mij die vriendelijk naar mij glimlachte toen ik naast hem ging zitten. En als Art mooier zingt dan hij zelf dacht ooit nog te kunnen, kijkt mijn buurman even naar links: 'Mooi hè?' Ja, mooi, kijk ik dan terug.

Art vult de stilte met een verhaal, voorgelezen van een envelop. Een verhaal over Jack Nicholson. Ze zaten kennelijk ooit samen in een film. Art is ook nog acteur. Ik wil mezelf niet vergelijken met Art. En vroeger een duo zijn en nu een tour moeten doen langs Shitville, Alabama en Cousinlove, Kentucky. Ik was niet de Art van ons duo, ik speelde gitaar. Ik was Paul Simon! Op zijn minst.

De gitarist heeft een nieuwe g-snaar omgelegd en komt weer terug. Art eindigt zijn verhaal met dat Jack een *great guy* is, wat tot instemmend geknik leidt bij het publiek.

Ze gaan weer spelen gelukkig. 'The Boxer.' Wat een gave lick, die intro. Ze stoppen. Weer de g-snaar gebroken. De gitarist kijkt naar zijn baas en haalt zijn schouders op. Art gebaart dat hij nog wel een envelopje heeft en inderdaad, een nieuw verhaal volgt. Zachtjes voorgelezen. Of is het dezelfde envelop en doet hij alleen maar of er iets staat om zichzelf een houding te geven? Terwijl Art vertelt over een avond op Long Island waar hij, zoals inmiddels bekend, van het podium liep, volgen mijn ogen de gitarist naar achteren. Het eerste wat je leert als je het podium op gaat, is dat als er twee mensen op het podium staan, en één begint te praten of te zingen, bijna iedereen naar die ander kijkt. Je hebt immers die ene al binnen, op gehoor. Art lijkt zich er niet van bewust. Hij is een bescheiden, lieve man.

Art liep op Long Island van dat podium omdat een man te laat binnen was gekomen, vooraan ging zitten en toen ging sms'en. Art stopte met zingen en stelde een vraag met het venijn van een moeder die zacht een kind in slaapt zingt. Art zei tot de man: 'Hoe komt het dat u dacht: als ik ga sms'en kan Art best wel verder zingen, heeft hij geen last van?' De man had niet opgekeken van zijn telefoon en gezegd: 'Omdat je een professional bent.' 'En toen moest ik even alleen zijn,' zegt Art. 'Even in de kleedkamer, alleen.' Zeven minuten maar liefst, toen was hij verdergegaan met het concert. Zeven minuten lijkt niet lang, maar in theatertijd is het een eeuwigheid.

Terwijl de gitarist de nieuwste g-snaar opwindt, denk ik aan een optreden, met een dronken jongen op de eerste rij. Met een vriend naast zich die in slaap was gevallen. De dronken jongen probeerde de slapende jongen iets te laten zien op zijn telefoon. Met veel tekst. Die jongen heb ik afgebrand. Of dat de afstandsbediening was? 'Nee? O gek, je gedraagt je alsof je thuis bent en tv zit te kijken. Eind lopen naar de koelkast, hè?' en ik ging maar door, me veilig voelend door vijfhonderd lachende mensen in de zaal. Gênant. Buiten had ik niks durven zeggen tegen ze. Salon-stand-up.

Hoe heet die gitarist? Ik wil het nu weten. Ik pak mijn telefoon en zoek. Art Garfunkel, Savannah, gitarist. Ik kom niet verder dan Bill. Bill niks, geen achternaam. Bill. Wat is het stil. Wat is het stil, Bill, hoor ik mezelf denken. Ik kijk op. Het is stil. En iedereen kijkt naar mij. Hallo? Waarom kijkt iedereen naar mij? Ook Art en Bill kijken. Het is doodstil. Het is zaak dat ik nu iets ga zeggen. Of Art. Het kan zijn dat Art net iets gezegd heeft en iedereen op mijn antwoord zit te wachten. Het zal mijn telefoon zijn. Ik zie Daisy-Mae zich door de schuur heen mijn richting op bewegen, elegant zijdelings tussen de rijen hooibalen door. En *not in a happy mood.*

'Sorry. Ik zocht op waarom die g-snaar steeds breekt.' Lieg ik snel. 'Ik was eens bij een ander concert en toen gebeurde dat ook steeds. En aangezien alles op internet staat tegenwoordig... Sorry... Ik deed het voor u...'

Roadie schurkt tegen me aan. Ze voelt dat ik in de problemen zit, maar kan niet zien waarom. Ze heeft besloten om mij slapend te beschermen.

'Oookaaay,' zegt de fluwelen stem van Art. 'How?'

Goeie vraag. Daisy-Mae is nu vlakbij. Breng me in de problemen en ik kom er wel uit.

'Omdat er een braam op de brug zit, bij de g.' Ik schuifel uit mijn rij, ontmoet Daisy-Mae aan het einde ervan.

'Kom mee,' fluister ik, 'alsjeblieft?'

Samen lopen we naar voren. Roadie haast zich achter ons aan. Terwijl wij het podium naderen, kijkt gitarist Bill naar de brug van zijn gitaar.

'A what?' zegt Bill. Ik realiseer me dat ik een vergissing heb gemaakt. Ik heb 'blackberry' gezegd.

'O, sorry,' zeg ik als ik het podium op stap. 'A bramble.' En ik weet dat dat misschien wel de juiste vrucht is, maar nog steeds niet het goede woord.

Bill laat zijn arm zakken, een beetje ter verdediging, denk ik. Begrijpelijk, want er komt een gek met een hond op, die zegt dat je g-snaar steeds breekt omdat er vruchten op je dertig jaar oude Martin zitten.

'Well... this could be fun...' zegt Art en hij glimlacht heel lief. Art is niet bang voor me. Misschien ziet hij dat ik in wezen een aardige jongen ben. Dat zou mooi zijn. Dan is er nog hoop.

'Mag ik?' vraag ik aan Bill en ik strek mijn hand uit om de gitaar over te nemen. Bill geeft mij na een hoofdknik van Art de gitaar.

'It's the bramble,' verklaart Art richting zijn publiek, dat opgelucht lacht. De meeste aanwezigen zijn duidelijk niet erg overtuigd van mijn goede inborst. En Bill is er ook niet helemaal gerust op. Als ik naar achteren loop met zijn gitaar, omdat ik niet van plan ben fouten te maken met al die mensen erbij, loopt hij gedecideerd achter mij aan.

'And while those two friend up... why don't I tell you about the things I do now. I walk...' zegt Art. Terwijl ons vreemde groepje, bestaande uit Bill, Roadie, Daisy-Mae en ik, ons voegt bij de vriendelijke dikke oude manager achter het paarse fluwelen doek, hoor ik Art vertellen dat hij op een dag zijn appartement op Central Park West was uit gelopen, en was gaan wandelen. Dat beviel kennelijk, want hij bleef maar wandelen. De George Washington Bridge over zelfs. Heel de weg naar Allentown. En dat is een hele tippel, kan ik je vertellen.

22.

‘To the guys who saved the day!’ En weer wordt er op mij geproost. Voor de vierde keer. Dit bier kan niet heel zwaar zijn, want ik voel nog niets. Ik zit op een klapstoeltje vlak bij de grote deuren van de schuur. Art leunt tevreden glimlachend achterover op een uit een oude auto gesloopte bank en de rest van ons groepje heeft zich ook rond de vuurkorf verzameld, op kratten, klapstoelen of op de grond. Bill, Daisy-Mae die zich voorstelde als Louanne, en de vrouw van Art, die uiteraard Kate heet maar toch niet de Kate is over wie zo vaak is gezongen door Art en Paul. Bo, de zoon van Art en Kate, ligt op de veilige vacht van Roadie. Ze slapen.

Het regent grote zomerdruppels. ‘Georgia rain,’ zei Louanne tien minuten geleden. Sindsdien is er niet veel meer gezegd. We zijn tevreden met deze dag. En al helemaal met hoe de avond is verlopen. Ik heb het optreden gered. Ik wist wat ik deed. Vroeger speelde ik heel graag op een Martin, maar de g-snaar brak altijd. Op een braam in de brug. Als in een stomme film heb ik Bill uitgelegd wat ik zou doen. Rosewood is niet het sterkste hout en je moet oppassen niet te veel weg te slijpen en dat is me gelukt. Met een nagelvijl van Louanne heb ik de snede uit geveild, daar waar de g-snaar uit de kast komt om zijn reis over de kast, het gat en de hals te beginnen. Vervolgens heb ik het met stro zacht en rond gemaakt en de nieuwe, laatste g-snaar in het gootje gevlijd. Het hele concert is uitgespeeld zonder die laatste snaar te breken.

Dus mocht ik bij de bescheiden afterparty zijn. Uiteraard kreeg ik een pils, en trok men uit mij dat ik ook muzikant was. Dat was niet heel hard trekken nee, ik ben er trots op. Was er trots op. Ze wilden weten waarom ik geen muzikant meer was en waarom ik er niet eens meer trots op was het te zijn geweest.

'It's for life,' fluweelt Art. 'Zelfs als het niet meer zo goed gaat als je zou willen, met je stem, dan nog steeds. Dan juist!'

Ik weet het. Maar Bob heeft ons verlaten en nu is het afgelopen. Dat moest ik ook even uitleggen, uiteraard. Wat was er nou zo erg aan wat Bob gedaan had? Uiteraard gaf iedereen Bob groot gelijk dat hij de knuppel in het hoenderhok had gegooid. Wat is dat toch steeds? Ik zit hier, ik vind mezelf zielig omdat ik iemand twintig jaar lang op sleeptouw heb genomen (en hij mij, maar dat doet er nu even niet toe en het zou mijn punt ook niet bepaald versterken), dus waarom kunnen ze niet gewoon zeggen: 'Wat vervelend voor je. Wat een lul, die Bob. Is hij nou helemaal? Als ik hem tegenkom, zal ik hem eens flink...' Zie hier de reden waarom ik eigenlijk al een uur niets gezegd heb. Ik was de held, ik redde de avond, ik vertelde mijn levensverhaal en iedereen koos vervolgens het verkeerde kamp. Als je wilt dat ik mijn mond hou, moet je zo doen.

'Paul and I...' begint Art ineens, 'wij hebben nog nooit ruzie gehad. Wat we ook deden, wat de ander ook voor stommiteit... bla bla bla bla...'

Flikker toch op, Garfunkel! Ik ken elke professionele artiestenbabbel, hoor. Ik was ook een duo. Niet zo groot als jullie duo, maar met verrassend veel overeenkomsten. Eerst heel vroeg succes samen. Toen uit elkaar. Ieder zijn weg. Dan per ongeluk weer bij elkaar en heel snel heel veel succes. Platina platina platina platen. Miljoenen. Niet jullie miljoenen, maar in verhouding was het gelijk. En bij ons ging het eigenlijk ook mis toen ik in films terechtkwam, schiet me nu ineens te binnen. Net zoals bij jullie.

Toen jij zo graag in *Catch-22* wilde spelen. Zo graag dat je nog een rolletje voor Paul regelde ook. En Paul wilde helemaal niet. Paul wilde lekker muziek maken. Maar Paul was wel een beetje pissig toen dat hele rolletje op een bepaald moment niet meer bleek te bestaan. En dat was het moment dat jullie je laatste plaat maakten. *Bridge Over Troubled Water*. Ergens ver weg van jullie gewone habitat. Dat is allemaal precies Bob en ik, man! Wij gingen naar Woodstock, New York. Om eindelijk weer eens samen te bepalen wat het ook alweer was. Jij en Paul hebben elkaar de tent uit gevochten om twee verschillende nummers. Jij wilde het ene nummer, Paul weigerde het op te nemen en pleitte voor een ander lied. En toen zei jij, heel professioneel en volwassen: 'Als mijn nummer niet mag, dan jouw lied ook niet!' Ha! Ik weet alles van jullie, hoor. En nee, wij hadden geen ruzie in de studio. Maar wel vergelijkbaar is dat het een gigantisch succes werd, dat bridge-dingetje van jullie. En dat wij met de Memphisplaat in één keer weer boven Jan waren. Eerst heel succesvol, toen even rust, toen even ingehaald door iedereen en hoppa – weer bovenaan! Maar ja, toen dacht Bob: dat halen we nooit meer. Dus stelde hij voor te stoppen voordat het bergafwaarts zou gaan. En vervolgens krijgt hij van elke boerenlul die het verhaal hoort gelijk! Dat kan toch niet? Dat is een selffulfilling prophecy. Dat is pas een catch-22. Maar het kan ook goed gaan. Je kunt ook een goede plaat maken en dan nog een en nog een!

Geen woord. Uiteraard. Ik ben niet gek. Ik ben fan en dus zwijg ik. Misschien zien ze mijn zwijgen aan voor beleefdheid. Of diepte. Ook een vaak gemaakte vergissing. Ik denk niets. Ja, dat ik van regen hou, deze regen. Als-ie recht valt. Dan is het mooi. Art Babbelfunkel, die mag natuurlijk zeggen wat hij wil. Drieënzeventig en een van de grootste zangers ooit.

Ik kijk het vuurtje eens rond. Niemand heeft tekst nodig om te vertellen wat hij met zijn lijf toch al zegt. Louanne staart in het vuur, dromend over de grote wereld misschien, groter dan de schuur hier. Bill kijkt alsof hij nergens aan denkt, en dus het gelukkigst van iedereen. Papa de promotor, met de kin op de omvangrijke borst, slaapt. Arts stem klinkt als een kabbelend beekje, maar niemand luistert nog echt. De opengeslagen deuren zullen er, gezien vanaf de weg, een prachtige kijkdoos van maken. Een still uit een film. Maar deze film gaat niet over Art. Deze film, als het er al een is, gaat over een man van zekere leeftijd en zijn oude hond. En de reis. Roadmovie.

Ik zeg 'man van zekere leeftijd', want sinds ik niet meer de beroemdste van dat duo ben, is het jongensachtige er ook meteen vanaf. Nu kan ik niet meer met mijn gitaartje rondspringen in mijn T-shirtje op gympies. Nu moet ik grotemensenkleren aan en... iets gaan doen.

Maar ik ben nog niet in Los Angeles. Ik wil nog niet opgroeien. Opgroeien? Dat is als je jong bent. Dan gaat het om een jongen die een lange slungel wordt. Van die te lange armen en benen. Uitbotten. Dan is hij uit gegroeid en kan hij alleen nog maar oud groeien. Dit is oud groeien. Dit is een coming-of-middle-age-verhaal. Ik zit op de rand van een nieuwe fase. Terwijl ik de vorige fase verdomme helemaal niet heb meegemaakt! Als mijn carrière nu over is, heb ik ongelooflijk slecht opgelet. Slechts flarden heb ik onthouden. Delen. Hoogtepunten, misschien een paar. Als een tv-presentator trots een door de redactie opgeduikelde foto van onze begintijd liet zien, had ik geen idee waar en wanneer die was genomen. Ik zag alleen twee jongetjes die zonder enige kennis van zaken het land aan hun voeten kregen en al doende leerden waarvan iedereen dacht dat ze dat al zo goed konden. Elke keer weer boven onze macht grijpen. Dat was het eigenlijk altijd geweest. Maar wel vastgrijpen. En niet meer loslaten.

Nu besef ik het ineens. Dat is wat Bob zat was. Dat eindeloze te hoog mikken en het dan net weer redden. Twintig jaar lang. Bob was op. En terwijl ik dit bedenk voel ik mijn lijf onder me vandaan glijden. Het glijdt op de grond, pijpje pils in mijn hand, maar ik zit zelf nog op de stoel. Louanne is opgesprongen, schreeuwt en pakt mijn hoofd vast, maar ik hoor niets. Bill trekt mijn benen bij het vuur weg en gaat er vervolgens een beetje hulpeloos bij staan. Art babbelt aanvankelijk nog even door, maar lijkt zich nu ook bewust van het feit dat ik zojuist flauw ben gevallen. Of dood. Ben ik dood?

Ik kijk naar mezelf, voel me op zich goed, maar die man daar op de grond, die ik ook ben, beweegt niet. Ik buig me wat voorover. Ik heb mond-op-mondbeademing nodig. Dat zie ik zo. Louanne! Doe iets! Red me! Iedereen die weleens dood was heeft het verdomme altijd over hoe een rust over ze heen kwam. Ik ben helemaal niet rustig. En ik hoor geen fuck. Niks! En je kunt mij niet aanraken. Ik kan mij niet eens aanraken. Ik probeer met mijn ene arm de andere te slaan, als twee flarden rook die elkaar raken en zich vermengen. Ondertussen zie ik dat dat andere lijf helemaal niks doet. Dit krijg je er nou van als je je woede inhoudt. Als je je gewoon uit, is het eruit. En dit komt ervan als je je zinloos druk maakt. De ik die uit rookflarden bestaat krijgt een schokje. Het is nog erger. Dit krijg je ervan als je je niet alleen zinloos druk maakt, maar er nog mee wegkomt ook. Weer een schok. Dat er niemand in je omgeving is die nog zegt: 'Doe jij eens even normaal!' Een grote schok nu. Richting mijn oude lijf. Jezus, ik mag wat afgevallen zijn, maar het is nog steeds enorm. Waarom heeft niemand mij gewaarschuwd? Ach wat! Iedereen heeft mij gewaarschuwd. En al die mensen heb ik vervolgens ontslagen, weggejaagd of ik ben ervan gescheiden. Louanne, als je even tijd hebt, mond-op-mond graag.

Ik zit naast mijn eigen lijf. Louanne gaat boven op me zitten, kruist haar handen op mijn borst en duwt. Eén, twee, drie vier, stop. Eén, twee, drie vier, stop. Ik hoor haar niet, maar ik weet dat ze zingt. En wat ze zingt. Ha ha, 'Staying Alive!' Niet om lollig te doen. Dat is het officiële hartmassagelied. Dan weet je dat je goed zit, qua ritme. Naast ons zittend moedig ik haar aan en tel mee. Ik ben een van zich af schreeuwende dikke niksnut die al jaren volledig de weg kwijt is. Ik heb Bob in de steek gelaten met al mijn egocentrische gedrag en films en weet ik veel. En alles wat ik zelf niet kon, eiste ik wel van anderen, vooral van Bob. Geen fouten maken! Perfectie! En alleen daarom kon hij het niet meer aan en heeft hij er een einde aan gemaakt. Ik weet het nu. Mag ik terugkomen?

Ik zie mezelf zo mijn lichaam in glijden. Als rook weggezogen door tocht. Ik heb pijn in mijn borst. En in mijn rechterbeen, gek genoeg. Alles gaat op zwart. Logisch. Montage.

23.

Een ziekenhuis. Veel licht. Mooie kamer. Ik ben alleen. Geen Roadie. Mijn hoofd draait naar het raam. Mooie bomen, af en toe gezucht van een zomerwindje. Dan rillen ze van genot. Geen geluid. De deur gaat open. Een mooie blonde jonge vrouw. Louanne heet ze. Als vers gewassen witte was danst ze voor mijn bed. Kom uit het bed! Kijk daar, beneden. Roadie! Ze blaft. Dag meisje. Dag lief meisje van me. Het gaat goed, hoor. Denk ik. Geen idee eigenlijk.

Ik heb honger. En ik ben een beetje te bloot voor dit toch wat onbekende gezelschap. Louanne lacht. Mijn billen zijn door het ziekenhuishemd zichtbaar. Een vrouw komt binnen. Het daadkrachtige type. Witte jas, veel pennen en dik grijs haar zo strak in de lak dat je je eraan zou kunnen snijden. Door een klein brilletje kijkt ze op de papieren in haar hand. Ze vraagt zonder me aan te kijken hoe wij ons voelen. Wij voelen ons eigenlijk als strakgetrokken lakens, mevrouw. De kreukels zijn weg. We zijn nieuw. Nee, niet nieuw. Als het al tien jaar oude linnen zondagse hemd van opa. Oud, maar smetteloos en gesteven.

In de badkamer sta ik voor de spiegel. Wat ik zie, valt me mee. Sterker nog, ik vind mezelf wel mooi. Ziekenhuisvoer als afvaltherapie: gat in de markt. Ik ben nog steeds te ruim bemeten, genoeg vlees voor twee, anderhalf, maar ik zie er anders uit. Vooral in mijn gezicht. Mijn silhouet is ook anders. Even mijn buik inhouden. Afvallen begint met de buik inhouden. Nee, dat doe ik toch maar niet. Ik heb de zuurstof harder nodig dan een kleiner buikje.

Zes dagen later word ik ontslagen. Eindelijk, naar buiten. Rode pick-uptruck. Van Louanne. Roadie springt in mijn armen. Ze draait rondjes voor mijn voeten, springt weer en is dan ineens rustig. De boodschap is duidelijk: blij je te zien, dikke roze meneer met het ijzer in de mond. We stappen in. Louanne rijdt. Roadie heeft haar hoofd uit het raam. Ik ook. We lachen.

We staan op het erf voor de rode schuur, bij de niet geheel vrijwillig cabriolet geworden Land Rover D110. Roadie is weer haar koele zelf, achter het stuur. Ik zwaai mijn rugzak achterin. Papa de promotor heb ik een hand gegeven, Louanne ook. Dan toch een kus. Als ik ook maar een beetje het idee had gehad dat ik haar verdiend zou hebben, had ik een poging gedaan, Miss Georgia Rain.

'Dag lieve mensen.'

'Rij voorzichtig.'

'Ja. Roadie... Naar je eigen kant.'

'Bye!'

'Stop! Dallas is rechtsaf!'

Dallas dus. Volgende stop.

24.

Mijn beugel moet worden bijgesteld. Dat kan natuurlijk prima in Dallas, ware het niet dat ik niet meer onderweg ben naar Dallas. Ik wist bij Atlanta zonder moeite de Interstate 20 te bereiken, maar vond dat na een halfuur zo saai dat ik mezelf ineens de weg af zag rijden. Wat een saaie bende, die snelwegen. Ik wil door het land rijden, niet over een betonnen afvalput voor rubberbanden. Ongelooflijk, de hoeveelheid geklapte rubberbanden op Amerikaanse snelwegen. Ze doen de fantasie prikkelen. En niet alleen de fantasie, ik merk dat ik volledig over mijn eerdere schaamte heen ben en tegen de hond praat.

‘Van wie zijn die banden? Zijn die mensen doorgereden en hebben ze nooit gemerkt dat er een bandje minder meeging? Mag je die banden niet aanraken, omdat ze moeten blijven liggen voor politieonderzoek? Is de rest van de auto achter die rij bomen daar geslingerd en zijn de inzittenden opgegeten door hillbillies?’

Ik ben op meer dan één manier de weg kwijt. Ik heb geen idee waar ik ben, maar echt erg is het niet. We zijn onderweg. Ik spreek Engels tegen Roadie, om te oefenen. Ik praat al Engels, Amerikaans eigenlijk, sinds ik *Miami Vice* zag. Hele stukken eruit speelde ik na in mijn slaapkamer. Ooit begon ik met Errol Flynn. Hoewel Errol wel degelijk sprak in *Robin Hood*, zei ik nooit een woord. Ik sprong op en neer met een zelfgemaakt zwaard/pijlenblazer. Maar ik zei niks. Niet eens: ‘Pak aan!’ Ik ben in de stomme film begonnen en bij *Miami Vice* was ik toe aan tekst. En ik was Sonny Crockett die met Sonny Crockett samenwerkte. Tubbs deed niet mee, die liep er een beetje achteraan, achter Sonny en mij. Niks mis met Tubbs maar het was toch een beetje Frank Rijkaard die ook een rolletje had bemachtigd. Sonny en ik waren de *real deal*. We stroopten de mouwen op van het witte colbertje dat ik van mijn moeder had geleend, en vingen boeven, zittend en pratend op de rand van mijn bed. Altijd samen. Maar alleen ik kreeg een pak slaag toen mijn moeder eindelijk ontdekte waar haar nieuwe witte colbertje was gebleven. Ik mocht het wel houden.

Toen een meisje uit de straat mij wees op het feit dat Sonny Crockett waarschijnlijk niet echt een wit jasje met een geborduurde vlinder op de revers had, heb ik het geruild voor een tongzoen. Het kostte ons beiden niets, maar het was onbetaalbaar.

Zo langzamerhand begin ik me toch een beetje ongemakkelijk te voelen. De bossen zijn schitterend. Maar waar ben ik? Ik heb net Chattahoochee National Forest doorkruist, dat weet ik. Maar op de kaart kan ik het niet vinden, en de TomTom doet het hier natuurlijk niet. Een nieuw bord. YOU'RE NOW ENTERING NANTAHALA NATIONAL FOREST. Toe maar. Ik weet waar dat ligt. Vlak bij Chattahoochee National Forest. Op de autowegen in Amerika weet je twee dingen altijd zeker: de highways hebben twee cijfers en gaan van noord naar zuid in oneven nummers en van oost naar west in even nummers. De Interstatewegen doen het precies andersom, om het makkelijker te maken. En dan zijn er de drienummerige wegen, die afsplitsingen zijn van de tweenummerige highways, maar niet in het midwesten, want daar komt dat hele netwerk samen en wordt het een rotzooitje.

Ik wil van de 74 naar de 129 en dan verder, en ik laat de Smoky Mountains rechts liggen. Ik weet dat ze er zijn, want de reclameborden staan om de vijftien meter. STRAKS DE SMOKY MOUNTAINS! GREAT SMOKY MOUNTAINS NATIONAL PARK STRAKS, MIS HET NIET! Het is net als met de 06-telefoon. Niemand is tevreden met waar hij op dat moment is. De meest gestelde vraag bij mobiele telefonie: 'Waar ben jij? Kom ik daar ook heen.' Waarom zijn er geen borden met GENIET VAN CHATTAHOOCHEE NATIONAL FOREST – NU JE ER TOCH BENT! MOOI HÈ, NANTAHALA NATIONAL FOREST – GEEN INDIAAN MEER TE BEKENNEN! Dat is namelijk het tweede dat je *on the road* in Amerika zeker weet. Als er een verwijzing naar indianen in de plaatsnamen zit, zul je er geen indiaan aantreffen.

Het is onverbiddelijk prachtig hier. Soms kom ik met de auto boven de bomenrand uit en dan is alles boven ons blauw, onder ons groen-bruin. Behalve als het waait. Dan gaat er een melkwitte band tussen de twee kleuren in liggen, als een schilderij van Rothko.

Ineens moet ik huilen. Roadie slaapt. Ik rij door Gods eigen paradijs en de tranen stromen over mijn wangen. Ik maak geen geluid. Niet dat gierende wolfsgeluid dat ik normaal produceer tussen het vernemen van iemands dood en het moment dat ik de begrafenis ga regelen. Alleen maar tranen. We zijn allang weer de bossen beneden in gedoken en het is eigenlijk vrij donker aan het worden. Dus het is onhandig, die tranen. Ik moet een motel zoeken, het is halftien 's avonds. Ik heb dertien uur achter elkaar gereden. De TomTom schiet aan: Robbinsville. Ik ben veel verder afgedwaald dan ik dacht.

Doodmoe rij ik de *strip* op. Hoe klein de stad ook, er is altijd een strip. En er is kennelijk geen andere wettelijk toegestane plek om een Wimpy, een Texaco of een McDonald's te bouwen. Allemaal langs die ene weg. Foeilelijk, maar de natuur blijft zo wel gespaard van deze wangedrochten. Ik rij door naar een McDrive. Roadie ruikt het. Twee Big Macs, twee Quarter Pounders, dertig kipnuggets en een emmer water. Dat is allemaal voor Roadie. Ik neem een chickenwrap zonder mayo. Nog steeds zwijgend rij ik terug de strip op. Tegenover de Texaco zie ik een motel. Motel San Rem, van San Remo zeker. Een krot, maar het maakt me niet uit. Ik wil eten en slapen.

Ik betaal vijfenveertig dollar cash en we krijgen kamer 23. De auto kan ik voor de deur parkeren. Dat is de enige lol van een motel, want verder lig je vaak te krabben van de inheemse vlooiensoorten en geeft de douche niet meer dan bruin water. Ik wil uit de machine aan het einde van de hal ijs halen, bij die onheilspellend knipperende tl-buis, maar daar staat een man met afgeknipte mouwhemden, en dus durf ik er niet heen.

We gooien het eten op het bed en springen er zelf ook op. Nooit op de sprei gaan liggen in een motel, ik weet het. Maar we hebben haast. Als ik drie happen naar binnen krijg voordat ik omval, is het veel. Het zijn er twee. Voor mijn ogen dichtvallen zie ik Roadie de Big Macs vrij handig uit hun doosje wippen. De nuggets zijn *long gone*. Alle dertig. Lekker toch, als je bijna dood bent hoef je in ieder geval niet meer op de lijn te letten. Het is kwart over tien. Morgen zie ik wel weer. We zijn onderweg, niet bepaald naar Los Angeles, maar als ik morgen een enorm stuk linksaf rij komen we er ook.

25.

We zijn vroeg wakker geworden, op de sprei weliswaar, maar die blijkt veel schoner dan ik ooit in een motel heb gezien. Schitterend witte lakens, een heus bloemstukje op het tafeltje, fijn kristalhelder bergwater uit de douche en bij de ijsmachine staat een keurige man met keurig bijpassende mouwen aan zijn overhemd.

Na een kwartier rijden houdt de TomTom er weer mee op. Ik moet een paar keer op mijn instinct beslissen of ik links of rechts moet gaan en mijn instinct weet geen fuck van de wegen in de Rocky Mountains. Hopeloos op zoek naar een kruisende weg, of een weg die afbuigt. Net op het moment dat ik tegen Roadie zeg: ‘In het volgende stadje koop ik een fijne Rand McNallykaart,’ staat daar Nick, van Nick en Simon.

Half verscholen in de bomenrij, in de schaduw van een paar grote rododendrons. Ik trap de rem diep in. Ik rij zoals gebruikelijk niet hard, maar door het plotselinge remmen slingert Roadie de auto uit. Geen veiligheidsgordel. Ze stuitert het gras op en verdwijnt het bos in. Ik trek de handrem aan, spring over het portier de auto uit en met de angst kloppend in mijn borst ren ik het bos in. Niets. Ze is weg.

Ik durf niet te roepen. Ik heb een man gezien, een jongen nog. Ergens weet ik dat het niet echt Nick geweest kan zijn. Maar ik kan de man niet anders omschrijven. Nick. Hij moet Roadie hebben. O, christus. Het is een ongelooflijk dichtbegroeid bos. De bomen staan zo dicht tegen elkaar aan dat de eerste tien meter op de stam van elke boom geen enkele tak heeft. Alleen donkergroen, bijna zwart mos. Vier meter het bos in zie je niets meer.

Ik ben bang. Ik wil Roadie vinden, maar ik vrees dat die kerel haar heeft. Ik weet het wel zeker. Ze is uit de auto het bos in geslingerd en kan nooit verder gekomen zijn dan de derde boom. Daar had ze moeten liggen. Daar. Ik heb genoeg CSI gezien om zonder wattenstaafje te weten dat dit bloed is.

26.

WELCOME TO SNEEDVILLE, staat er op het bord waarop ze met de hand bijhouden hoeveel mensen er wonen. 592, streep door de twee, één erachter gekalkt. Het klinkt als een dorpsnaam uit een kinderfilm.

Ik rij over de strip, maar er is niks. Geen grote ketens in hamburgers en benzine hier. En de Walmart ziet eruit alsof hij jaren geleden gebruikt is als locatie voor Stephen Kings *The Mist*, en na al die gruwelijke avonturen uit piëteit nooit meer geopend is. De commercie heeft dit dorp overgeslagen.

Als ik de strip weer af rij zie ik net buiten het dorp een Silverstreamcaravan. Verlicht. Een Hoppertafereel. Daar zal de sheriff wel zitten. Als er niets te jatten valt, en de dode van dit jaar zichzelf door de kop heeft geschoten, zit je taak er als gezagsdrager op, dan kun je je net zo goed vol laten lopen bij Betty, de drie keer zo groot geworden klasgenote van vroeger. Ik parkeer schuin voor de deur, inderdaad naast een politieauto. Al ziet het ernaar uit dat de agent van dienst de magnetische stickers op zijn wagen 's avonds weer mee naar binnen neemt. *To protect and serve.* Maar alleen tussen 9 en 5 en niet in het weekend.

Ik trek de hordeur van de caravan naar me toe, en de binnendeur van me af. Beide scharnieren alsof ze het niet echt gewend zijn. Ik kijk de caravan rond. Aan het einde van de bar zit een dikke jongen in een kaki uniform. Is dat de agent? Geen Betty te zien.

‘Bent u de politie?’ vraag ik veel zachter dan ik van plan was. En niet te horen, kennelijk.

‘Ik zoek de politie...’

Die dikke is of doof, of gewoon heel goed in het negeren van mensen. Ik halveer de afstand tussen mij en de man. Hij moet wel een sheriff zijn.

‘Sorry...’

‘Dat is dichtbij genoeg, vriend...’ Hij beweegt niet. Maar ik heb hem duidelijk gehoord. En we zijn het eens, het is mij ook dichtbij genoeg.

‘Mijn hond is gestolen, 3 mijl terug... Op de weg naar boven...’

Niks, geen reactie.

Ik ben het zat, maar ik ben geen held. Wat moet ik doen? Ineens ramt er iemand de klapdeur achter de bar open.

‘Het is een *racoon*, denk ik. Lekker laten zitten en niet opendoen. Hij gaat vanzelf dood daar.’ Mijn nieuwe tegenspeler ziet mij niet. Hij wast zijn handen in de gootsteen met zijn rug naar mij en Fatman toe. Dan ineens laat hij zijn handen stil naast de straal hangen. Op de muggen die het leven laten in de blauwe tl-lichten bij het raam na is dit nu het enige geluid. Nu zou er in elke film een onheilspellende lage cellotoon komen. De twee mannen richten zich tot mij en over vijf minuten gaan ze samen tellen wie het meeste lood in mijn lichaam heeft weten te krijgen. Ik kan niet meer. Ik heb niet eens energie over voor angst. Ik zijg neer op de dichtstbijzijnde stoel. Er komt een prettig soort kalmte over me. Ik haal mijn handen door mijn haar en moet gapen. Ik wacht wel, jongens. Zwijgen kan ik ook.

Als ik weer opkijk, hebben Racoonman en Fatman van plaats geruild. Ik zie nu dat Fatman een schort draagt. Racoonman is de agent. Maar zo eentje die ervan uitgaat dat je het zonder hoed, ster, wapen, dikke koppelriem en bijbehorende snor toch niet gelooft. Ik geloof hem.

Ik wrijf in mijn ogen en zeg: ‘Heren... mijn hond... Ik zie een man tussen de bomen staan... 3 mijl terug... Ik rem... de hond slingert uit de auto... Geen ramen... ander verhaal... De hond slingert uit de auto... tussen de bomen... Ik stap uit... zoek de hond... hond weg... evenals de man... dus. Die man heeft mijn hond. Wie is die man? Kan ik mijn hond terughalen?’

Ze zijn er stil van.

‘En een biertje graag.’

Fatman tapt een Miller Lite. Prima. Hij wil het aan Racoonman geven, en die mag zich dan misschien nog geen houding weten te geven in dit drama voor drie, maar ober gaat het niet worden, zoveel is duidelijk. Fatman zet het biertje op het tafeltje vóór mij. Ik wrijf maar weer eens in mijn ogen. Hij weet dat het kinderachtig is, maar nu alsnog het biertje oppakken en op het juiste tafeltje neerzetten zou het allemaal niet sterker maken. Ik sta op, loop naar het tafeltje voor me, ga daar zitten en pak het biertje. Ik heb niets te verliezen. Dat is misschien het enige mooie van alles al kwijt zijn.

Officer Racoon gaat voor mijn tafeltje staan en besluit dat het toneelstuk hem mateloos irriteert. Hij gaat tegenover me zitten.

‘Ik ook, Fatz. Miller Lite graag.’

Zei hij Fatz?

Hij legt zijn hoed op tafel, op zijn helft aan de rechterkant. Keurige man.

‘Sorry voor de ontvangst... Er komt hier bijna niemand. In de zomer,’ zegt hij erachteraan.

‘Er komt hier bijna nooit iemand, zomer of winter,’ zegt Fatz. Hij tapt er meteen twee, zie ik.

Ik drink het biertje snel op. Hij zal er dan drie gaan tappen, ik ken mijn barmannen. Hij tapt er drie en komt erbij zitten. Maar niet aan tafel, op de dichtstbijzijnde barkruk. Dit volk is gewoon filmisch van geboorte. Nu kun je van achter de bar, *over shoulder* op Officer Racoon en mij draaien en andersom tussen ons door op Fatz. Nog een shot van ons drieën bij de deur vandaan en eentje van buiten naar binnen. Paar closejes en de scène is geschoten.

'Je hond...' Fatman.

'3 mijl naar boven...' Officer Racoon.

Ik knik.

'Dat is dat Brogan-joch.' Tegelijk. Fijn. Logisch. In een kleine gemeenschap als deze weet je dat soort dingen.

'Kunnen we erheen om mijn hond terug te halen?'

Een korte stilte. Dan zegt Fatman: 'Als je honger hebt!' en ze lachen allebei.

Ik sta op. *Comedy night is over*. Ik ben Roadie kwijt. Ik betaal mooi niet voor de biertjes. Dat zal ze leren.

'Sorry... *mountain humor*, son.'

'Ted, sluit af. We gaan naar Brogan's. Ik moet hem toch nog spreken over dat wrak dat hij aan de 129 heeft laten staan toen hij dat hert aanreed.'

Fatz, die dus Teddy heet, haalt een aanzienlijk aantal schakelaars naast de kassa in twee halen over en alles is uit, behalve de blauwe lichten bij het raam en een streep licht onder de bar.

'Teddy is de hulpsheriff, begrijp ik?' zeg ik. Ik moet toch een beetje bonden met hen.

'Nope. I just like roadkill,' zegt hij, terwijl hij een soort oude beer over zijn schouders lijkt te leggen. Zijn jas. Al tientallen jaren zo te zien. Hij loopt als eerste naar buiten, sluit niets af. Officer Racoon gebaart 'na u' met zijn hoed en loopt achter mij de caravan uit, het parkeerterrein op. Nu is het echt donker. Overal. Teddy zit al achter in de politiewagen. Ik mag voorin.

'Roadkill?' vraag ik angstig, terwijl ik instap.

'Roadkill,' zegt Racoon, en hij start de auto.

Ik kijk door het vuile raam de nacht in en zie het klaslokaal op de filmacademie in New York voor me, en mijn docent Seth Michael Donsky. *Gay as a picknick basket* en geobsedeerd door zijn tanden. En verstand van films: 'This is midpoint, people. The moment the main character in a feel-good movie says: "You know, anything can happen now." And in any other movie: "I have a very bad feeling about this." And most of the time that's Samuel L. Jackson.'

Met een grote zwaai rijdt de Ford het grind af, de weg op, de bergen in.

Mijn leraar wenst uitleg over het script. 'Dutchie, waar zijn we in het verhaal?'

Nou, Seth, de hoofdpersoon is zojuist in een auto gestapt met Officer Racoon en de dikke uitbater Teddy Fatman, en ze rijden nu terug naar de plek waar een bergbewoner de hond van de hoofdpersoon heeft meegenomen.'

'Excellent! Zit hij voor- of achterin?'

'Voorin. Fatman is heel snel op de achterbank gaan zitten.'

'Waarom?'

'Geen idee.'

'Precies. Omdat het niets vertelt. Hij is dus heel snel voorin gaan zitten. Als een kind dat *shotgun* wil zitten. Hij is vierenveertig en nog altijd vechtend tegen zijn broertjes en zusjes. Voorin, dat maakt hem gevaarlijk. Of in ieder geval, mogelijk gevaarlijk. Jij zit achterin, zodat de sheriff je in zijn achteruitkijkspiegel kan zien. Iedereen zwijgt.'

'Jij?'

'Wat?'

'U zei "jij" maar ik ben de hoofdpersoon niet.'

'Wat?'

'Ik ben de hoofdpersoon wel?'

'Natuurlijk ben jij dat! En terwijl je uit het raam kijkt, zeg je, zacht voor je uit...?'

'I have a very bad feeling about this?'

'Dat dacht ik wél, ja! En zowel Fatman als Officer Racoon kan een kleine glimlach niet onderdrukken.'

Ik kijk in de spiegel naar Teddy en dan naar de sheriff. Verdomd als het niet waar is.

27.

'Waar gaan we heen?' Ik praat tegen Seth, het stelt me gerust. De echte Seth staat nu waarschijnlijk ergens in een slecht verlichte kelderdiscotheek in het Meatpacking District, tussen enorme zwarte mannen zijn getrainde armen te flexen, maar ik heb hem nu even naast me nodig. Ik moet weten wat er gaat gebeuren.

'Waar denk je dat we heen gaan?'

O god, de joodse wedervraag. Nooit eens gewoon antwoord, altijd de vraag terugkaatsen.

'Seth, ik heb bedacht dat je hier zit... Werk eens een beetje mee.'

'Alles kan. Wil je verkracht worden door deze heren? Wil je ze vermoorden? Krijgen jullie een ongeluk? Komt er een ruimteschip dat jullie naar binnen zuigt?'

'Waarom zou ik ineens een ruimteschip op laten draven?'

'Het leverde die jongens van Monty Python een kleine vierhondervijftig miljoen dollar op.'

'Maar het was nou niet bepaald de sterkste scène van de film.'

'Goed, geen ruimteschip.'

We staren allebei uit het raam. Denken, denken. Seth wint: 'We gaan naar de Melungeons.'

'Fijn. Dan is dat ook weer opgelost. Wat zijn Melungeons?'

Seth voelt dat hij raak geschoten heeft: 'Een bergvolk. Inteelt, maar niet zoals je normaal ziet in deze streek. Het zijn eigenlijk blanken met een heel donkere huidskleur. Geen zwarten, maar wel zwart. Sorry, je mag geen negers meer zeggen dus ik moet draaien. Het zijn ook geen negers. Maar wel zwart. Maar ze zien eruit als indianen. En als Portugezen.'

'Dat zal het casten een stuk makkelijker maken. Blanke zwarte Portugese indianen.'

'Elvis was een Melungeon. Of had het bloed, in ieder geval. President Lincoln, Cher... Blanken maar dan zwart. Zo kun je ze het beste omschrijven.'

Ik kijk opzij.

Seth praat met de stem van de sheriff. Hij dreunt zijn tekst op alsof hij een geschiedenisles playbackt. Tegelijk zeggen zijn wenkbrauwen en mondhoeken: ik ben niet meer nodig, Dutchie.

Ik hoor maar de helft. Settlers, eeuwen terug. 17 nog wat... Een groep komt aan om de nieuwe wereld voor te bereiden op de rest van Engeland en Ierland. Vijftig jaar later komt groep twee kijken hoe de eerste het ervanaf gebracht heeft. Maar die zijn er niet meer. Er is wel een dorpje, maar daar is niemand. Op een muur staat alleen maar Ranoan. Of zoiets. In ieder geval de naam die de indianen aan een eiland voor de kust hebben gegeven. Daar is ook geen westers mens te bekennen, alleen wat indianen die vertellen dat er ergens in de bergen, op het vasteland, een groep mensen woont die komen aanrennen als ze een klok horen luiden, en dan voor het eten eerst met gebogen hoofd gaan zitten mompelen. Ook deze mensen worden nooit gevonden. Dat gebeurt pas een eeuw later. Tegen die tijd, zes generaties later, zien de Engelse nazaten er blank uit, maar ze hebben een zwarte huidskleur door hun vermenging met gevluchte slaven, Portugezen en indianen. Een verdomd knap volk, als ik de sheriff mag geloven. Hij vindt het overduidelijk jammer dat hij geen Melungeon is.

‘En de nazaten van Elvis en Lincoln, daar gaat het om, zijn de originele grondleggers van het *Roadkill Cookbook*,’ vertelt de sheriff verder. Alles wat langs de weg wordt gevonden, kan worden gevild en op de barbecue.

‘Ze mogen zelf geen beesten doden?’ vraag ik hoopvol. Dat zou namelijk betekenen dat als Roadie niet al te erg gewond is, ze nog in leven zou kunnen zijn. En niet leeg gedrupt ondersteboven aan drie staken hangt te wachten tot het vuur tot houtskool is verworden.

‘O, jawel hoor. Dat denk ik wel,’ zegt de sheriff.

‘Hier! Stop!’ roep ik. Ik herken de plek waar we het ongeluk kregen. Of in ieder geval, waar ik slipte en Roadie de auto uit werd geslingerd. Hier stond die Nick Melungeonfiguur.

De sheriff kijkt Fatman aan. Als ze het niet dachten. ‘Brogan,’ zegt Fatman, en hij likt zijn lippen. Ik zweer het!

Ik stap uit. Ik wil mijn hond terug.

‘Kom,’ zegt de sheriff, ‘Brogan verplaatst zich vaak, maar zijn hutje niet, gelukkig.’

Met zijn drieën lopen we het bos in. Ze lijken te weten waar ze heen gaan. Vanachter een boom kijkt Seth ons na.

Ik raak elke tak, zak in elke kuil en struikel over elke steen. Ik ruik vuur. De Melungeons zijn vast aan tafel gegaan. En weer struikel ik over een steen terwijl ik Racoon en de Fatman probeer bij te houden.

28.

Uitgeteld ligt de sheriff tegen een boom aan. Al het licht komt van een groot vuur midden in een open ruimte in het bos. Daar staat ook een blokhut. Grote stammen die met behulp van inkepingen bijna naadloos in elkaar vallen. Naast het vuur zit Fatman al bijna twee uur te vreten. In zijn vette handen een bot met vlees dat in hoog tempo wordt kaal gegraasd. Nick staat naast me. Vóór hem een metershoge boomstam. Zijn bijl hakt in op een beest dat hij met zijn andere hand vastgedrukt houdt. In één klap zijn de voorpoten eraf. Nick geeft ze aan mij.

'Brengt geluk,' zegt hij.

'Niet voor hem,' zeg ik, en ik wijs naar het beest. Ook de kop gaat er met één klap af. Dan snijdt Nick de anus eruit, alsof hij een pit uit een appel haalt, en trekt in één keer het hele vel van het beest. Ik ril. Ik wil een klusje, iets doen. Ik pak de bak met bloed, om weg te gooien.

'Niet doen! Dat is voor de saus.'

Ik ga weer zitten. Aan mijn voeten ligt Roadie. Gespalkt en ongedeerd. De rechtervoorpoot, die van de kraakbeenoperatie, heeft een gemene klap gemaakt toen ze uit de auto werd geslingerd. Daarom heeft Nick haar gespalkt natuurlijk. Maar als ik het ongeluk terughaal, zie ik haar duidelijk eerst op haar kont terechtkomen. Waarom heeft ze dan zo'n pijn aan haar poot? Kan het iets met de operatie te maken hebben? Ik hoop het niet, ik heb immers dezelfde operatie ondergaan. Ik ben een hypochonder. Mijn arm gonst. Gelukkig ben ik dronken.

Nick heet dus Brogan en heeft me duizend glazen geleden de geneugten van roadkill uitgelegd. Alles wat aangereden wordt, is van jou. Maar je mag het dier niet eten als het eigenlijk nog te redden is. Je mag het niet zelf de laatste klap geven. Vandaar dat er nogal wat beesten op dit moment vanuit de bosjes naar ons staren. Ze zijn niet zo gek dat ze erbij komen zitten, maar een aanzienlijk deel is door Brogan opgelapt. Herten, een wolf, wasbeertjes, buidelratten. Ik zie alleen hun ogen. Brogan praat staccato, is zuinig met zijn woorden. 'Squirrel, car, dead.' 'Crow, crushed, cracker.' We hebben het allemaal gegeten net. *Crow on a cracker*. Een kraai tot paté vermalen en op een zelfgebakken matse.

'Cut it when you've hit it.' Ook zo'n prachtzin. *Hillbilly oysters*, ik had er al een op toen Fatz vertelde dat het elandballen zijn. Brogan zelf is er ook niet gek op, maar hij bewaart ze voor Fatz.

Het klapstuk van de avond was echt klapstuk. Samen met de sheriff keek ik toe hoe een schoongemaakt everzwijn in een enorme hoeveelheid zilverpapier werd verpakt. Daarna trok Brogan de grote brandende balken op het vuur met een pikhouweel uit elkaar. Er bleek een kuil onder te zitten, zodat het vuur zuurstof kreeg. Ik heb *Cast Away* wel honderd keer gezien. Tom Hanks die na twee jaar op een onbewoond eiland eindelijk doorheeft hoe je een fikkie moet maken. 'The air got to it! The air got to it!' Brogan gebruikt de kuil om te barbecueën. Het zilveren beest verdween in de kuil, as eroverheen en de balken gingen er weer op. Uren later, midden in de nacht, proefde ik het lekkerste vlees ooit. Het smolt op mijn tong, en liet een diep gerookte, zoete smaak achter.

Ik ben dronken van de zelfgestookte graanjenever, of wodka. Ik weet het niet. Ik drink normaal alleen maar wijn en bier. Normaal als in 'als ik niet in de bergen met een uniek soort genetische samensmelting aan het kampvuur zit'. Slechte wodka, dat is het, messcherp en gemeen. Ik ga zo omvallen, de sheriff is mij al voorgegaan. Het moet maar. De rest is toch te dronken om mij nog in zilverpapier te rollen. En Roadie maakt het best goed. Op die voorpoot na.

Brogan speelt op een soort zelfgebouwde gitaar, een benzineblik met een stok en twee snaren. Het is geen banjo, meer een dobro. Maar dan met maar twee snaren: één voor de bas, één voor de melodie. Slim, wat zul je je vermoeien met zes snaren. Brogan lijkt echt sprekend op Nick.

Ik laat me op de grond zakken, naast Roadie. Mijn ogen vallen dicht nog voor ik de zachte vacht van Roadie heb bereikt. Ik lig niet op haar buik, maar in de holte die ze vormt. Zoals ik Casey heb zien doen na Arts concert. Al liggend heb je een levende, warme hoed op. Voordat ik echt diep wegzak, voel ik het hoofd van Nick Brogan vlakbij.

'Iron?' hoor ik hem zacht vragen.

'Braces,' antwoordt Fatz tussen twee smakken door.

'Hoe oud is hij dan? Veertien?'

Ze lachen. Zachte, ingehouden en toch vette lachen. Het zal inderdaad wel een van je laatste problemen zijn, hier in de bossen, of je tanden wel mooi recht staan.

Ik zal hem er in Los Angeles uit laten halen. Ik ben sinds deze reis begon al minstens 10 kilo afgevallen. Als ik mijn mond dichthoud, wat sowieso weleens verstandig zou zijn, zie ik er beter uit dan toen ik vijfendertig was.

29.

Ik word wakker met verrassend weinig hoofdpijn. Waarschijnlijk ben ik de komende drie dagen gewoon nog steeds dronken. Als ik vanaf nu niet meer drink, heb ik vrijdag in Los Angeles een kater. Dat maakt me zo bang dat ik meteen weer mijn glas zoek, maar bij de gedachte alleen al komt de misselijkheid alsnog opzetten. En ik moet overgeven.

Ik ga op handen en voeten zitten. Gisteren was ik in paniek, maar dankzij een vriendelijke man uit de bergen lijkt alles weer op het juiste spoor te komen. De vriendelijkheid die waarschijnlijk al generaties lang van neef op nicht is overgegaan. Waar zijn de andere hillbillies eigenlijk? En wat is dat voor geslobber?

Ik kijk op en zie Roadie die, behulpzaam als ze is, mijn kots opruimt. Een fris windje aait langs mijn natte wangen en voorhoofd. Ik zucht voorzichtig. Niet te veel zuurstof in één keer binnenhalen, weet ik. De peristaltiek van de slokdarm is een delicaat proces, niet forceren. Ik open mijn ogen en zie de rest van de familie. Of het dorp. Een hele groepsfoto staart mij aan. Achter hen staan auto's. Wanneer zijn er auto's gekomen? En hoe kunnen auto's überhaupt hier in het bos komen?

Er is geen bos meer, wel een parkeerterrein, met een JC Penney, een Texaco, een IHOP en een Walmart. Een eindeloze blauwe lucht, de frisheid van een beloftevolle ochtend in het land van de dapperen en vrijen. Een hele familie bergbewoners staat te kijken naar de Hollander met zijn hond. Ze lijken allemaal op Nick, maar Brogan zelf zie ik niet. Ze staren. Ik staar terug. Wanneer krijg je de kans om schaamteloos naar blanke zwarten te kijken?

Ik leg even mijn wang op de koele grond om ze beter te kunnen bekijken. Terwijl ik de wolken boven hun hoofden zie verwaaien, groots, gracieus en eindeloos, schiet me iets te binnen. Dus de eerste settlers verdwenen, en de tweede groep ging ze zoeken? Maar hoe is het dan met hen afgelopen? Zijn ze opgegaan in de eerste, in de Melungeons, of hebben ze die hele groep nooit gehaald? *Who the fuck cares, man*? Wat moet je met die informatie? Ga je als je terug bent de toffe geschiedenisleraar uithangen?

De Melungeons verliezen hun belangstelling. Langzaamaan vertrekt het gezelschap richting de ingang van de Mall. Er worden blikken uitgewisseld, maar er wordt weinig gesproken. Ik zie opvallend veel moeders met heupen om kinderen op te zetten. Broodmagere vaders en heupvolle moeders. Ik heb geen tijd voor etnologische vraagstukken. Kokosolie en cola light moet ik hebben. Tegen de kater. En nieuwe kleren. En misschien toch nog een paar uur slapen in een motel hier in de buurt.

Volgens de gigantische klok boven de ingang van de Mall is het al elf uur. Terwijl ik naar binnen loop en een muur van airco met één klap weer een heel nieuwe dimensie aan mijn misselijkheid toevoegt, lijkt Roadie toch te hinken. Ik wil haar verband eraf halen, maar het mag niet. Ze gromt zacht. Oké, ik doe je niks. Ik zal een bot voor je kopen, meisje.

30.

De Interstate 40. We rijden al achttien uur achter elkaar door, de korte onderbrekingen om de benen te strekken, te tanken of te plassen daargelaten. Achttien uur is heel lang. Veel te lang, maar het lukt. Ik wil voortmaken, want ik heb mijn buik een beetje vol van dit avontuur, en ik wil Roadie op tijd bij haar bazen afleveren. En op tijd betekent voordat ze doodgaat. Om mezelf wakker te houden ben ik al uren eindeloos lijstjes aan het maken in mijn hoofd, en ik hou niet van lijstjes.

Ik attendeer Roadie erop dat zij, als bijrijder, de taak heeft mij wakker te houden. Dat ze mij verhalen moet vertellen. Het maakt mij niet uit waarover. Ze kijkt me aan met een blik die niets anders dan verachting lijkt uit te stralen. Daarna moet ze lachen. Een grijns. Ze speelt met me. Het lijkt wel een huwelijk.

'Over wat?' zegt ze. Met een subtekst die zo van haar snoet te lezen valt.

'Weet ik het. Maakt het uit? Het is je eerste verhaal ooit. Het is nooit slechter dan het vorige.'

'We gaan naar Albuquerque...'

'We gaan inderdaad naar Albuquerque. Verzin daar een verhaal over.'

Roadie zucht, gaat rechtop zitten en steekt zowaar voorzichtig van wal: 'Albert Kurkie was een Nederlandse Elvisimitator die zichzelf wilde specialiseren.'

Ik schrik, maar ik laat het niet merken. Het is haar eerste verhaal, ik moet haar haar gang laten gaan. Bovendien kan ze het maar van één iemand geleerd hebben. Albert Kurkie, waarom niet?

'Je had Johnny Lion en Rob de Nijs die toen nog anders heette. Wist je dat?'

Van schrik niet meer, nee. Iets met Lords. Ik maak een gebaar dat ze door moet gaan. Gesterkt zet ze er nu de sokken in.

'En Albert Kurkie vond het tijd voor een carrièremove. Hij ging tex-mexmuziek maken. Niet alleen in Nederland had nog nooit iemand ervan gehoord, ook in Texas en Mexico moest het allemaal nog samenkomen.'

Mevrouw is los.

'Albert nam altijd zijn vrouw mee op tour en die liet nooit ofte nimmer na te vertellen hoe beroerd het optreden van die avond nu weer was geweest. Soms probeerde Albert: "De mensen leken het anders wel leuk te vinden." Maar dan had zijn vrouw wel weer commentaar op het geluid, dat was kut. Of het publiek. Ook kut. Natuurlijk hadden ze genoten. De gemiddelde leeftijd had tegen de schijndood aan gelegen. De oudjes waren nog net uit het voorgeborchte gekomen om de eerste nummers aan te horen. Bij zijn versie van "Guadalajara" kozen de meesten breed glimlachend toch maar voor de hel. "Het kon alleen nog maar meevallen daar beneden," had zijn vrouw nog opgevangen, toen ze even buiten een sigaretje was gaan roken.

En op een avond in een hotel, Albert zat binnen en zijn vrouw stond op het balkon weer te roken, was hij het zat. Vanaf het bed zag hij dat ze steeds ver vooroverboog om haar as af te tippen. En dat de reling vrij laag was. Hij liet een fles champagne komen en verzon dat het de honderdste show was geweest die avond. Omdat het serpent geen gelegenheid zou laten liggen hem te kleineren, gebeurde er wat hij had voorzien. Ze vond dat niet hij de champagne had verdiend, maar zij. Zij was immers al die optredens mee geweest, had ze gezien en aan moeten horen. Ze dronk het leeuwendeel. En stak een nieuwe sigaret op. Ze boog weer voorover. Hij had nauwelijks hoeven duwen. En wat was hij blij dat ze altijd op de bovenste etage in hotels wilde slapen, omdat ze niet tegen bovenburen kon. Even later zag hij dat God het met hem eens was geweest. Het klerewijf was precies naast hun nieuwe Datsun Cherry op het asfalt gepletterd. Zelfs de sigaret had de auto niet geraakt. De bloedspetters waste hij er morgen wel vanaf in de wasstraat.

Tevreden ging Albert naar bed, om drie uur later wakker gemaakt te worden door de plaatselijke politie. Dat ze hem helaas moesten verwittigen van het feit dat zijn vrouw van het balkon was gevallen. Dronk ze veel? Ja, ze lustte hem wel, ja, had Albert geknikt. Wat verdrietig, had de dienstdoende agent verzucht. En zijn collega had, achter hem, precies gepast ook staan knikken.

De begrafenis was prachtig en Albert hoefde – een geluk bij een ongeluk – niet al te diep in de buidel te tasten voor een kist. Ze was fors geweest, maar van veertien hoog naar beneden lazeren maakte je een bescheidener mens. Ze had in een kleine boekenkist gekund, maar daar had Albert een stokje voor gestoken. Hij was geen krent. Tijdens de dienst had hij ook nog gezongen. Zijn versie van "Guadalajara". En om er zeker van te zijn dat ze voor de hel zou kiezen, had hij met een mooie snik in zijn stem tegen de aanwezigen gezegd: "Ter nagedachtenis van haar die ons ontvallen is zal ik het elke dag, zo lang als ik leef, voor het slapengaan zingen." Dat zou haar leren.

Albert zei het professionele zingen vaarwel, ging drummen in een band genaamd Lucifer en zou later *De Soundmixshow* bedenken en er een fraai huis op Bonaire aan overhouden, waar hij zeer gelukkig was met zijn tweede vrouw, Hennie Huisman, wier naam hij over had genomen. Einde.'

Roadie knikt tevreden, alsof ze wil zeggen: niet gek hè, voor een eerste verhaal? Ze krult zich op en valt in slaap. Lange tijd kijk ik zwijgend voor me uit. Die Roadie. Niet gek, meid. Helemaal niet.

Even later stop ik aan de kant van de weg omdat ik stiekem naar het verband op haar poot wil kijken. Maar zodra ik me vooroverbuig, doet ze één oog open. Dacht het niet, vriend.

Het is inmiddels nacht. Er is heel fijne mist, en Elvis zingt. En Elvis zingt nog een nummer, en nog een. En ik denk niet: goh, dat zijn eigenlijk wel veel Elvisnummers achter elkaar. Ik denk alleen maar: één, twee, drie, dat zou niet mijn volgorde zijn. Ik zou als het een top drie was geweest de nummers twee, drie, één hebben gedraaid. Wat is eigenlijk mijn top drie van Elvisnummers? En zo beginnen de lijstjes weer. Op drie 'And I Love You So', de liveversie van het concert vlak voor zijn dood. Op nummer twee 'You Gave Me A Mountain'. Zo heet het vast niet maar ik was elf toen hij doodging, en mijn Engels was nog niet goed. Op nummer één: 'Suspicious Minds', de BBC-versie van bijna zeven minuten, met die meesterlijke bassist. Hoe heet hij ook alweer? Nieuwe lijst maken!

En toen begon ik te rekenen: toen we vertrokken woog ik 128 kilo. Dat is vet, hoor. Als ik vroeger dikke mensen zag dacht ik altijd: maar je hebt het toch wel door dat je veel te dik bent? En heb je anders geen mensen in je omgeving die zeggen: 'Hé, je wordt nu wel erg aan de maat, vriend?' Het antwoord is dus nee. Niet in mijn geval. In het begin durfde iemand er nog weleens iets van te zeggen, maar naarmate het duidelijker werd dat wie er iets van zei meestal het volgende seizoen niet meer mee op tour mocht, werd dat al snel minder. Tot iedereen het omgekeerde dacht en zei, terwijl ze mij de laatste tien bitterballen toeschoven: 'Jij bent zo afgevallen, eet wat! Je lijkt niet meer op jezelf.' Ik trapte erin. Veertien tours lang. En bij elke tour, door wat we inmiddels het worst-kaasscenario waren gaan noemen, kwam er 3 kilo bij. En dan ben je van toch al groter dan de gemiddelde popster ineens de allergrootste. We wáren ook wel de allergrootsten. Dus het enige wat mensen als kritiek konden spuien was dat de heren zo maar mooi lieten zien dat 20 kilo overgewicht een succesvolle carrière niet in de weg hoefde te staan.

In twintig jaar tijd van 90 naar 128.

Ik kwam slanker van de boot. Niet slank, slanker. Bij mijn vriend de indiaan had ik er weer 6 verloren. In dat dorp, bij Kate, had ik zes dagen in coma gelegen, niks gegeten, dus daardoor was ik ook weer wat kwijt. 3 kilo, 6 kilo, 6 kilo, weer 8 zelf gedaan met wandelen, rennen, zwemmen en vooral niet meer drinken. Gisteren had ik toch zeker voor 2 kilo overgegeven. In totaal dus 26 kilo eraf! Zo voelt het.

Ik ben doodmoe en neem de beste kamer. Dat is toevallig ook de kamer met een weegschaal. Roadie wordt wakker, springt voorzichtig van haar stoel, wacht tot ik de kamerdeur open. Twee tijgersluipjes verder en Roadie valt in slaap.

Horloge af. Ring af. (Waarom heb ik mijn trouwring eigenlijk nog steeds om? Morgen meteen verpatsen, die moet minstens een paar duizend dollar opleveren.) Alles om zo min mogelijk te wegen. Als ik mijn beugel uit had kunnen doen, had ik het gedaan. Uiteindelijk kan ik het niet langer uitstellen. Ik sta op de weegschaal. Ik kijk. Ik zie niks. Ik besluit te hurken. Een volwassen man, naakt, op zijn hurken op een weegschaal. Er komt geen einde aan deze schaamteloosheid. 219, wat? O, pond! Dan weeg ik 109,5 kilo. Fuck, niet onder de 100 dus. Maar ik vermoed dat ik meer ben afgevallen. Ik zie er verdomme goed uit, nu ik weer rechtop sta. Als blijkt dat ik echt heel veel ben afgevallen, mag ik mijn zoon bellen. Jammer van zijn regel, maar dit moet gevierd!

Tegenover de mevrouw van de incheckbalie weet ik me fatsoenlijk te gedragen. Ik ben in alle staten, maar ik wil eerst maar eens een bier. De balie is twee stappen verwijderd van de bar. Zo'n kleine ruimte, met een tv aan de muur, slecht verlicht, één tl-lamp knippert, en het is er niet echt schoon. Ik bezie het tafereel via de spiegel achter de bar. Een dame geeft een flesje Rolling Rock aan een hypernerveuze man die het flesje in één keer leeg gulpt. Hij kijkt haar aan. Zij kijkt terug, uitdagend. Hij neemt de uitdaging aan. Zij geeft hem een nieuwe. Hij drinkt ook dat flesje leeg. Zij pakt er nog een, bewonderend bijna, maar hij zucht: 'Nee. Zo direct. Dank u wel.'

En ik ga zitten.

'Waar is je hond?'

'In de kamer.'

'Op de weegschaal?'

'Die heeft ze net op.'

'Hoeveel woog je?'

'219 pound.'

'Is dat meer of minder dan je wilt?'

'Veel meer, 109,5 kilo.'

'Nee, 99; je moet niet door twee delen.'

En ik ben stil. Niet eens omdat deze vrouw het zomaar omrekent. Daar hou ik wel van, dat soort reviaanse toevalligheden. Ik weeg 99 kilo. Dat is lang geleden. Nog veel te veel volgens velen, dat weet ik ook wel. Maar ik ben blij. Heel blij.

Even later liggen we op haar bed uit te puffen. Ik ben toch een beetje trots. En vast weer een kilo kwijt. Ik moet me enorm inhouden om niet te gaan kijken of ze hier ook ergens een weegschaal heeft.

'Had je zulke scheve tanden?'

'Sorry?' Dan begrijp ik waar ze op doelt. Ze praat het liefst in afgemeten zinnetjes, dat mag ik wel. Geen losse woorden, zoals Nick Brogan, maar zo kort mogelijke zinnetjes. Een beetje maffia, maar met zo'n vol lijf... sexy. En als ze echt van de maffia is, vind ik het ook best. *Forgettaboutit*. Ja, waarom ook alweer de beugel?

'Lastig.'

'Wat?'

'Die vraag.'

'Waarom? Ze stonden scheef of niet.'

'Zo simpel was het niet. Ik weet het niet. Neuken?'

'Zo direct, *crook tooth*. Waarom neemt iemand met praktisch rechte tanden een beugel?'

'Ik dacht dat het me duidelijk zou worden als ik het eenmaal gedaan had.'

Ze zegt niet eens: 'En?' Ze kijkt zo.

'Ik wacht geduldig af.'

'Nog geen teken van God?'

'Nog geen teken van God. Of het moet de rekening van drieduizend euro zijn geweest.'

Ik kijk even opzij of ze het in dollars om zal zetten.

'Wil je het echt weten? 3475. Je komt van ver?'

'Holland.'

'Nee, dat weet ik. Ver? Diep...'

Kom ik van diep? Ja, misschien wel. Een paar maanden geleden stond ik op de top van de Olympus. Maar toen het ging glijden, ging het snel. Ik lag vrij snel onder aan de berg. Waarom nam ik die beugel?

'Wat maakte dat je onzeker werd?' Ze ziet onmiddellijk dat ze raak geschoten heeft. 'Sorry, sorry. Ik heb een grote mond! Sorry. Vergeet het. Neuken?'

Ooit zal het toch weleens grappig worden, zomaar 'neuken' zeggen?

Er valt een ongemakkelijke stilte. Ik kijk haar aan, wil wat zeggen maar besef dat ik allang weer vergeten ben hoe ze heet. Ook pijnlijk. Wel twee keer klaarkomen, maar te beroerd om haar naam te onthouden. Daar moet ik ook aan werken.

'Je bent niet altijd hondenvervoerder geweest?'

'Nee. Nee,' lach ik.

'Wat deed je hiervoor?'

Tja... wat zal ik daar eens op antwoorden? Toen ik popster was zag ik er eerlijk gezegd meestal uit als een hondenvervoerder. Dat was zelfs deel van het succes. Alsof de huisbewaarders van het theater in hun stofjas stiekem waren gaan zingen. Dat stond ooit in de krant, op de voorpagina. Een onmogelijk groot compliment in Nederland. Maar nu ik hondenvervoerder ben, hoef ik in elk geval geen ex-popster meer te zijn.

'Van alles,' zeg ik. 'Ik was van alles, en alles wat ik niet meer wil zijn.'

31.

Diane heette ze, de dame van gisterenavond. Volbloedhoer. Ik moest giechelen toen ze me vroeg af te rekenen. Ik dacht dat ik voor de kamer moest betalen, maar ze zei: 'Daar heb je niet geslapen. Je betaalt mij.' Pittige grap, dacht ik nog. Maar in het vroege ochtendlicht zag ik dat ze het meende.

'O god, jongen, wat dacht je dan dat het was? Liefde?' Ze laat een schorre lach los. Zo een die je doet beseffen dat je gisterenavond niet helemaal bij de pinken was toen je in haar ogen keek.

Ik probeerde nog: 'En heb ik nou voor mijn drie orgasmen betaald, of voor jouw negen?' Maar ze zei terecht dat ik haar niet kon verwijten plezier in haar werk te hebben.

Ineens wil ik naar het New Mexico Museum of Space History. Ik ben er nog nooit geweest en ik wil in zo'n Hall waar je net kunt doen alsof je op de maan bent.

Het is allemaal een beetje knullig en Roadie mag er niet in. Ik kom weer naar buiten met een nieuwe versie van *Powers of Ten*. Ik heb niemand beledigd die daar overduidelijk om vroeg, ik ben weer beleefd, net als vroeger. En ik ben wél slank. Nou ja... Slank-ish.

Als ik in de auto wil stappen, zit Roadie weer op mijn stoel. Ik jaag haar weg, uit gewoonte. Later, bij een plasstop, zit ze er weer. Wil je zo graag rijden? Doe maar dan.

En nu rijdt ze! Al sinds Jim Croce haar aan boord mijn stoel gaf, is ze op mijn plek uit. Nee, dat is niet zo. Sinds dat moment leert ze mij nederigheid. Dat was wat Jim ook bedoelde.

We lachen, Roadie en ik. Dat zij nu rijdt is niet gevaarlijk, er komt hier niemand. Hard gaan we niet, een diesel rijdt vanzelf, maar niet hard.

Over een paar uur zal ik de zoon van mevrouw Spinola moeten bellen. Die zal niet blij zijn ons te zien in dit wrak.

'Roadie, meid. Kijk voor je. Ik moet je iets vertellen. Het duurt niet lang. Gisteren vroeg Diane, die trouwens een hoer is, maar dat had jij natuurlijk allang gezien – daarom bleef je in de kamer, slimme meid – waarom ik een beugel had. En ik wist het wel, dacht ik. Maar dat was niet waar.

Ons laatste optreden. Bob en ik waren eigenlijk al uit elkaar. De band was al ontbonden, Bob en ik belden niet eens meer. Geen sms'jes, niets. Het was voorbij. Maar we hadden lang geleden beloofd die avond te verschijnen. Iets voor het goede doel. Wat was de organisatie trots dat we toch kwamen. Toen bekend was geworden dat we ons aan onze verplichting zouden houden, was de show in drie minuten uitverkocht. Alsof de Beatles weer gingen spelen. En precies zo was het, het kon alleen maar tegenvallen.

"Hoi" en "Dag" in de kleedkamer.

"Ken je het nummer?"

"Ja."

"Denk je dat je nuchter kunt blijven voor één liedje?"

Goeie grap, Bob, met je plofkop. Rot toch op.

Vlak voor we opgingen, zei ik tegen hem: "Hé Bob, ideetje. Denk je dat het leuk is om te zeggen: 'Dames en heren, het is misschien spijtig dat wij uit elkaar zijn, maar wat is het mooi dat we vanavond allemaal bij elkaar zijn voor...'

"Nee," zei Bob, dan zouden we de avond te veel naar ons toe trekken.

"Oké, prima. Doen we het niet."

We liepen op, ik plugde in, keek even naar de band, knikte ze toe en ik hoorde ineens: "Dames en heren... Het is misschien spijtig..." Ik kon mijn oren niet geloven. Ik stond nog half gebogen om wat knopjes op het juiste volume te zetten toen ik naar Bob opkeek. En het moet gezegd, zijn ogen waren vol paniek. Maar hij ging door: "Wat is het mooi..."

Ik keek naar de zaal. Die was er stil van. Bob lulde nog drie varianten van de door mij bedachte zin de zaal in. Emotie gierde door de stoelrijen. Drie mensen stonden op. Klappen. "Prachtig, Bob!" werd er geroepen. De hele zaal stond nu als één man op. Prachtig! Die Bob! En zij maar denken dat die andere de woordensmid was. Schitterend! Bob boog. Die wist van gekkigheid ook niet wat hij moest doen. En ik kreeg de hik. Die zou drie dagen niet meer weggaan, maar dat wist ik toen nog niet.

De band telde af. Mooi getimed, het applaus was eindelijk aan het minderen, Bob zette in. En ik hikte. Bob keek me wel dertig keer aan van "Sorry man", maar dat was allang niet meer mijn grootste probleem. Ik moest zo invallen en ik had van de stress de hik. Van de woede. Dief! Het refrein kwam eraan. Ik liep al gitaarspelend op de microfoon af, keek nog dapper rock-'n-roll-stoer, wilde inzetten en... een keiharde HIK schoot via de versterkers de zaal in. Ik schrok, maar dacht: tweede kans. Ik haalde adem: hik. Weer keurig snoeihard versterkt. Hik. Ik wist niet wat ik moest doen. Bob zong door, maar moest ook een beetje lachen. De zaal lachte voorzichtig mee. Het refrein kwam er alweer aan. Ik durfde niet, maar ik móést wel proberen te zingen. Nog voor ik kon inzetten, riep een grappenmaker uit de zaal: "Hik." Ik verslikte me en zong niet meer. Toen de tweede zin kwam, riep de halve zaal al: "Hik." Het refrein zou nog twee keer langskomen en nog twee keer zou de in drie minuten uitverkochte zaal hikken van het lachen. Ik boog en rende af.

Gitaar in de koffer en liep zo naar huis. Al hikkend. Drie dagen. Dat deed ongelooflijke pijn. Mijn middenrif kon dat niet aan.

Ik was woedend. Verbijsterd en woedend. Zo erg was het toch niet dat iemand een aankondiging pikte? Maar het was voor mij de druppel.

En daar komt die beugel vandaan. Die beugel was de eerste stap van het ik-hou-weer-van-mezelfplan. Zelf bij elkaar gepsychiatriseerd. Maar de beugel was niet het cadeau dat ik nodig had, meisje. Dat bleek jij te zijn. Dus. Dat wilde ik je vertellen.'

Het einde van mijn verhaal is voor Roadie het startsein dat het genoeg is geweest. Ze gaat op haar eigen stoel zitten. Ik schiet op de achterbank overeind en spring op de bestuurdersstoel. Ineens is het wel druk op de weg. Ik kijk haar aan. Ze kijkt voor zich uit. Heb ik haar beledigd? Heeft ze het woord cadeau verkeerd begrepen? Ik laat haar maar even. Ik moet bellen. Alamogordo ligt op twee uur rijden hier vandaan, maar dan zijn we er nog niet. Ik besluit door te rijden als we wat gegeten hebben in Alamogordo. Tot Flagstaff. Dan zijn we morgenmiddag in San Bernardino. Bel ik morgenochtend wel met de zoon van mevrouw Spinola. Alles op zijn tijd.

32.

We wachten. Op een door alles en iedereen verlaten industrieterrein. Overal alleen maar stof. Soms rolt er een takkenbosje langs, dat een wolkje stof achter zich aan sleept. En dan ligt alles weer stil. In de bloedhitte. En wij wachten. Jammer dat er geen dak meer op dit kreng zit, want dan hadden we nog wat aan die airco gehad. Nu sta ik een beetje tegen de achterkant, Roadie ligt in de schaduw voor de auto.

Ik moet weer denken aan mijn leraar Seth Michael Donsky. Ik heb namelijk een *very bad feeling about this*. Maar dit is geen midpoint, dit is het laatste en kortste deel. Alles wat er nog in het script staat is: ze geven de auto aan de zoon van mevrouw Spinola. Die zal een beetje verdrietig zijn dat het dak van de wagen eraf ligt, maar ik geef hem zoveel geld dat hij er een dak van goud op kan laten zetten. En dan breng ik Roadie naar Marieke en haar man, we drinken, we lachen, we barbecueën, wat beroemde vrienden komen langs, ik drink een pils met Brad Pitt aan de rand van het zwembad en dan ga ik terug naar Amsterdam om aan de rest van mijn leven te beginnen. Eindelijk mijn zoon weer zien! Ik mag hem nog steeds niet bellen.

Maar waarom mogen we volgens het script deze auto niet afleveren op een gewoon adres? Krijgen we straks een lift de bergen van Los Angeles in, zodat we thuis zijn, waar we Douwe Egberts kunnen drinken?

In alle films die ik heb gezien loopt het op een locatie als deze niet goed af met de wachtenden. Tenzij het aan het begin van de film is, dan wel. Want je laat je held niet doodgaan aan het begin. En ik mag dan misschien geen held zijn, dit is ook niet het begin van de film. Ik zou er bijna van gaan roken.

Er komt een auto aangereden. Daar zul je zoontje Spinola hebben. Even door de zure appel heen nu. Ik was zelf zo dapper om met mijn gedrogeerde hoofd de top eraf te rijden... dus betaal die gozer, en wegwezen. Hij rijdt een mooie auto. De nieuwste Land Rover. Ik ben persoonlijk alleen fan van de D110, maar dit is een mooie wagen, ik kan niet anders zeggen.

De auto stopt met de neus schuin naar me toe. De motor slaat af. Er gebeurt even niks. Ik wacht. Een man stapt uit. Klein en onmiskenbaar Italiaans. Dat zie ik aan zijn pak. Hij plaatst zijn instappertjes driftig in het stof. Niet slim, want nu komt het omhoog. Hij lijkt het niet te merken, trekt zijn Ray-Ban Aviator van zijn gezicht en kijkt me vriendelijk aan. Gelukkig. Ik glimlach terug, ontwapenend hoop ik, en besluit op hem af te lopen. Dan verandert de blik in zijn ogen.

'What the fuck? What the fuck?'

Ik kijk achterom. O ja, zijn auto.

'Mister Spinola, hi, my name is...'

Maar hij gaat nog even door: 'What the fuck happened to my car?'

Ik moet aan slag zien te komen, anders gaat dit helemaal mis.

'Ja, u bedoelt het dak, natuurlijk... Ik zal alles vergoeden, geen zorgen. U laat hem maken, geeft mij de rekening...'

'The roof! The roof!' Hij zegt het zo vaak dat ik de neiging heb om het ijs te breken en te zingen: 'The roof is on fire!' maar ik ben doodsbang. Als hij het grootste pistool trekt dat ik ooit heb gezien, blijkt het een juiste beslissing om niet mee te zingen.

'The roof! Where's the roof?'

'Hé, het is maar een *roof*... Ze zullen er vast wel meer hebben bij de dealer, komt allemaal goed.' Maar intussen kijk ik voor het eerst van mijn leven recht in de loop van een echt pistool. Ik draai me om en begin te rennen.

Jezus man, het is maar een dak! denk ik, terwijl ik richting de auto ren, de enige mogelijke schuilplaats. Een dak!

Spinola schiet.

Ik zie mezelf in de achteruitkijkspiegel op de auto af rennen. Ik zie hoe het kruitwolkje het enorme pistool verlaat. Wat een groot ding. Ik zie ook de kogel op me afkomen. En over de achteruitkijkspiegel heen zie ik Roadie, met haar poot in het verband, springen. Van de motorkap, over de spiegel, over de achterbank.

Ik val. Roadie niet. Roadie springt verder. De kogel gaat tussen ons door. Maar het zal niet de laatste kogel zijn. Dit hele avontuur en dan sterven in San Bernardino! Roadie komt hier vandaan. Niet dat dat enige genoegdoening zal geven, maar toch. Ik heb hier eigenlijk echt niets te zoeken! Of toch? Jawel. Hier moest ik met Roadie heen om weer heel te worden. Om vervolgens aan flarden te worden geschoten?

Ik hoor heel veel schoten nu. Zo diep mogelijk in het stof liggend zoeken mijn ogen Roadie. Daar. Onder de auto, slimme meid! Ze leeft nog. Zoontje Spinola is niet bepaald een beste schutter. Ik kijk om. En zie hem zeker een halve meter omhoog en achteruit vliegen. Er wordt ook op hem geschoten! Prima. Wegwezen nu. Maar iemand zet zijn knieën in mijn rug, dus dat lukt niet zo goed.

'DEA! DEA! DEA! Stay down!' Overal lijken nu mannen te zijn. Walter Whites zwager, die boven op me zit, roept het hardst. Benen rennen langs. Politiebenen, dat zie ik zo.

Roadie kruipt naar me toe en likt mijn gezicht. Zevenenveertig jaar ben ik. En ik mag nog even. Want Hank boven op me had me allang dood kunnen maken en heeft dat niet gedaan. Ik lik Roadie terug.

33.

Zoontje Spinola is geraakt in zijn kruis. Hij leeft nog steeds en zit dertig jaar uit. Fijn voor hem dat hij, ondanks het feit dat hij geen pik meer heeft, toch lekker veel seks zal hebben. Dan heeft hij nog mazzel, want zijn moeder kreeg bij haar arrestatie een hartaanval. Als ze met zoveel DEA-geweld ook bij haar zijn binnengevallen, lijkt me dat logisch. Overigens bleek moeder Spinola de spil van de maffiaorganisatie.

Sinds New York werd ik al in de gaten gehouden. Na het bezoek van New York's Finest in het appartement in het Eastgate Tower Hotel, was het puur routine. De *illegal Dutchman* kwam van de boot. Ging hij toch wat mafs doen? Hij ging dj'en. Ze wisten meteen dat ik Tom Holkenborg niet was, maar dat kon ze niet zo heel veel schelen. Tom was gebeld, in Los Angeles. Of hij geld miste of iets? Niets? Dan was het alleen maar een naam die even gestolen werd. Ze zouden het verder wel regelen. Maar toen die gekke Hollander met zijn hond ineens bij de moeder van Marty Spinola aanklopte, waren alle alarmbellen afgegaan.

De Spinola's behoorden tot een van de vijf maffiafamilies die New York regeren. En die familie zat in drugs, dames en deconstructie, maar bovenal hadden ze het alleenrecht verworven op xtc-pillen uit Europa. En hoe kwamen die nou Amerika binnen? Precies, via de boot. En waar kwam ik vanaf? Enfin. Het hele dak van de Land Rover was vervangen door een exemplaar van hol plastic. En in die holte hadden 240.000 pillen gezeten. Uit Holland. Uiteraard. Mierlo, Brabant. Voor diegene die alle details wil hebben.

Marty had me vrijgepleit. Ik had niets met de smokkel te maken gehad. Of zoals hij het poëtisch verwoord schijnt te hebben: 'You think that stupid fat fuck would look me up if he knew he'd lost my 240.000 pills?' Een overtuigend argument.

Marieke en haar aardige man zijn naar Los Angeles gekomen en hebben mijn borg betaald. Ze wonen nu met Roadie in hun nieuwe huis in LA. Roadie mankeert niets, gelukkig. Zelfs de snee op haar poot is weg. Er zat een goedje op dat ze in het ziekenhuis niet thuis konden brengen, maar het had de huid wonderwel hersteld.

Die pillen zijn nog steeds zoek. Het dak hadden ze vrijwel meteen na mijn vertrek uit Kates beach house en haar hippe vrienden geconfisceerd, maar die pillen had niemand gezien. De stemming was er wel nog beter op geworden daar, begreep ik. En ze waren al zo zen.

En ik zit aan het zwembad. Van Marieke en haar man, met een biertje. Niet met Brad Pitt, maar met Tom Holkenborg. Die had de camerabeelden opgevraagd van Freemans Alley. Binnen een kwartier had Gerald het hele bestand verstuurd. Voor de echte Tom deed hij alles. We kijken nu naar mij die hem nadoet. We lachen om Roadie die blaft omdat ze zichzelf onder tafel ziet liggen. We lachen sowieso veel. Tom is zeer tevreden. Ik ook wel.

Als ik opsta om een nieuwe ronde bier te halen, wil Anthony me nogmaals bedanken. Hij pakt mijn hand en schudt hard. Ik schrik. Dat is mijn slechte arm. Maar ik voel niks. Ja, kracht. Geen pijn. Dat komt van die T-Rex van Jim Croce. We schudden elkaars arm dat het een lieve lust is, en dan is het zelfs Anthony wel genoeg.

Schitterende avond, vind je niet, Roadie? Wat? Wat kijk je, meisje? Gaan? Wil je nu alweer op pad? Wij samen? Hm... ik kan nog wel een paar kilo kwijt. Morgen is het 4 juli. Als we ertussenuit zouden willen glippen... We lachen. Zachtjes. Iets tussen ons, zoals vrienden dat soms hebben.